LA VIE ABSOLUE

DIDIER VAN CAUWELAERT

LA VIE ABSOLUE

roman

ALBIN MICHEL

IL A ÉTÉ TIRÉ DE CET OUVRAGE

Quinze exemplaires
sur vélin bouffant des papeteries Salzer
dont cinq exemplaires numérotés de 1 *à* 5
et dix exemplaires, hors commerce, numérotés de I *à* X

C'est une sensation déroutante de se retrouver parmi les siens quand on n'est plus de leur monde. *Ici repose Jacques Lormeau (1962-1996).* Il m'a fallu un certain temps pour renouer avec cette identité révolue, mais je comprends désormais l'urgence qui m'a ramené à mon point de départ. Trente-trois personnes sont debout en demi-cercles autour de la tombe. À mesure que leurs émotions me réinsèrent dans mon ancien contexte, les noms me reviennent, les souvenirs reprennent corps, les perceptions s'affinent.

Il pleuviote sur cette colline de verdure inchangée au cœur de la Savoie, surplombant d'un côté Aix-les-Bains et de l'autre le lac du Bourget. Comme j'ai aimé naviguer sur ces eaux noires et lourdes aux profondeurs insondables, entre les coups de vent soudains et les courants pervers… Une moyenne de dix noyés par an – j'ai failli la faire grimper cinq ou six fois. Je me demande pourquoi les images de ces moments où j'ai gaiement risqué ma vie s'imposent avec une telle intensité. Est-ce parce que je suis en train de risquer ma mort ?

L'exhumation a lieu un lundi, jour de fermeture de la quincaillerie. Tout le personnel est venu au cimetière, entourant ma veuve et mon fils, pour bien montrer aux plaignantes qui m'assignent en recherche de paternité que la maison Lormeau demeure une affaire de famille.

Face à eux, l'ancienne pâtissière de prestige Jeanne-Marie Dumontcel, quatre-vingts ans et toutes ses dents, cape en cachemire et mise en plis insensible au vent, affiche une dignité martiale en cramponnant tel un étendard sa petite-fille Morgane, coiffée en brosse comme moi jadis, ce qui lui confère une certaine ressemblance avec la photo en médaillon sur mon caveau de granit.

Les fossoyeurs, au garde-à-vous avec leurs pelles, attendent le feu vert du représentant des pompes funèbres. Celui-ci consulte du regard le commissaire de police, puis l'expert en charge de prélever l'ADN, avant de se tourner vers Fabienne. Ma veuve demeure de marbre. Elle tient un parapluie rouge à logo blanc qui met un peu de gaieté dans le crachin brumeux du cimetière. La pointe des baleines goutte sur l'épaule gauche de Lucien – je mesure, à l'instant où je redécouvre notre fils, combien la blessure que je lui dois est restée à vif. Il ne diffuse plus aucune pensée hostile, mais je suis toujours sous le coup du « Crève ! » qu'il m'a lancé vingt-cinq ans plus tôt, lors de la séance de pseudo-spiritisme où ses copains s'étaient amusés à l'insulter de ma part, déplaçant un verre d'une lettre à l'autre comme si c'était mon esprit qui se foutait de sa gueule. Aujourd'hui, le petit garçon sentencieux est devenu un long trentenaire laconique avec une tonsure précoce et un début de brioche – il n'a rien fait pour lutter contre l'hérédité.

Fabienne finit par hocher la tête, et les fossoyeurs abandonnent leurs pelles pour manœuvrer les cordes. Avec une vélocité ponctuée de heurts discrets, ils sortent le cercueil de papa, décédé cinq ans après moi. Puis ils exhument le mien, un modèle haut de gamme qui s'est beaucoup moins détérioré – mon père, soucieux de ne rien coûter, s'était commandé le premier prix du catalogue de sa convention obsèques. Moi, on avait choisi pour moi.

Où es-tu, papa ? Quelle dimension de l'espace-temps as-tu choisie pour ton évolution posthume ? Tout est tellement cloisonné, ici-haut... Enfin, là-bas, d'où je viens. Nos solitudes comme nos regroupements sont le fruit de nos choix, le reflet des aspirations ou des craintes que nous avons développées au cours de notre vie, mais ces choix semblent relever de nécessités indépendantes des liens terrestres.

– Attention, enfin ! crie une vieille voix au moment où mon cercueil percute le bord du caveau.

Au premier rang du personnel, Alphonse Dulac fusille du regard le croque-mort indélicat. Accroché à son déambulateur comme un capitaine au gouvernail en pleine tempête, sa croix de guerre et son Mérite agricole épinglés sur son anorak de chasseur alpin, il enrage qu'on me dérange. En même temps, il se dit que c'est pour la bonne cause, et dans l'intérêt de la maison. Pilier de la quincaillerie depuis l'après-guerre, il a consenti à prendre sa retraite en 1988, mais il continue de remplacer au pied levé ses collègues en arrêt maladie – pas question de fragiliser l'affaire que ma veuve a réussi à hisser au quinzième rang des entreprises aixoises. Il m'a formé au métier, comme il l'avait fait pour mon père. En revanche, il n'est arrivé à rien avec mon fils, et c'est le seul remords de sa vie. D'un regard en biais, il jauge attentivement la petite-fille de la pâtissière qui lui paraît bien concentrée, avec du cœur et de la précision dans les gestes. Avec elle, pense-t-il, la relève est assurée.

Le bruit aigrelet de la dévisseuse électrique déchire le silence du brouillard. Normalement, on aurait dû transférer le cercueil au reposoir pour l'ouverture, mais le centre-ville est inaccessible à cause d'une manifestation qui dégénère, d'après ce que j'ai compris. Les manutentionnaires soulèvent le couvercle et un murmure pétrifie l'assistance. Les deux tiers des présents font le signe de croix. Il n'y a pas lieu. Je suis intact, oui, mais je n'y suis pour rien. Ce n'est pas la puissance de mes vertus qui me rend incorruptible, c'est la nature du sol. Cette partie du cimetière est gorgée d'arsenic, un excellent conservateur. Hormis mon costume en loques, je suis tel qu'on m'a embaumé un quart de siècle auparavant. Un sourire de fierté s'esquisse sur les lèvres du responsable des pompes funèbres. À la manière de ces promoteurs immobiliers présentant leurs réalisations futures sous la forme d'un appartement modèle, il pourrait m'utiliser comme cadavre témoin.

Ma fille présumée tourne de l'œil. Sa grand-mère la rattrape d'une main ferme, tout en désignant au commissaire de police cette réaction comme si elle constituait une preuve. Fabienne, elle, s'efforce de paraître indifférente au spectacle de ce visage raccord qui la ramène au temps des difficultés conjugales. Elle n'a pas vraiment changé, elle non plus. À cinquante-trois ans, ses cheveux sont toujours blond nature, son regard bleu glacier conserve tout son éclat, sa taille reste fine et ses seins aérodynamiques ont gardé leur volume du concours Miss Savoie 1986. Seules ses fesses ont perdu leur galbe, à force d'être assises derrière la caisse de la quincaillerie. Un pli d'amertume à la commissure des lèvres compense les soleils de sourire que les bonheurs anciens ont imprimés au coin de ses yeux, avant que le mariage ne nous racornisse. Mon amour… Dans l'état hors du temps où je me trouve, nos premiers émois sont bien plus denses et précis que les faux-semblants qui ont suivi. Il en est de même pour toi lorsque tu regardes mes photos.

C'est l'appel de cette passion mal éteinte qui,

l'autre nuit, a interrompu une première fois le cours de ma mort. J'éprouve à nouveau cette sensation d'aspiration qui m'a extrait de mes travaux en cours, dans cette autre dimension de l'existence difficile à concevoir par les vivants. Sans que je puisse résister ni surseoir, tu m'avais ramené dans notre chambre de l'avenue des Thermes, au-dessus de la quincaillerie – notre chambre où tout avait changé, où tout désormais était aux normes et au goût de celui qui m'avait brièvement remplacé dans ta vie. Tu étais penchée sur une feuille de papier et, concentrée sur la seule lettre d'amour que je t'aie jamais envoyée, lors d'un séminaire des tronçonneuses Iseki à Colmar, tu imitais mon écriture.

Je soussigné Jacques Lormeau, sain de corps et d'esprit, consens par la présente, en cas de besoin, à l'exhumation de ma dépouille en vue d'une expertise génétique.

Pour valoir ce que de droit.

Tu avais signé et daté du 13 juillet 1995, six mois avant mon décès. Une impulsion spontanée, en réponse à l'assignation que, téléguidée par sa grand-mère, la petite Morgane t'avait remise la veille, les larmes aux yeux. Sensible au contexte de sa démarche, tu t'étais renseignée sur Internet. Et tu avais commis ce faux en écriture pour lui laisser, le cas échéant, une chance de faire établir la vérité sur sa filiation. Car la justice, sinon, aurait rejeté sa demande. Depuis l'exhumation litigieuse du chanteur Yves Montand, il n'est plus possible de prélever l'ADN d'un défunt pour effectuer un test de paternité, sauf s'il en a donné l'autorisation écrite de son vivant.

La décision que tu avais prise, l'incroyable puissance de ta générosité sacrificielle m'avaient maintenu à tes côtés quelques instants, dans notre ex-chambre conjugale, sans que tu perçoives ma présence autrement que par une baisse de température. Et puis celui que je fus s'était résorbé dans ce que vous appelez l'au-delà. Ce n'était qu'une brève permission, une interférence, un toucher de l'âme… Rien à voir avec la forme de réanimation qui s'opère en ce moment, comme si j'étais sous perfusion, nourri par chacun des regards concentrés sur la photo en médaillon au-dessus de mon nom. Je ne sais à quoi est destiné ce retour aux sources, mais je n'y peux rien.

Fabienne me bouleverse. Cet élan du cœur qui

attise le scandale, brave le respect de ma mémoire et l'éventualité de devoir partager mon héritage me donne, j'en suis le premier surpris, l'envie d'un nouveau départ avec elle. L'envie de nettoyer notre histoire en éliminant les pièges, les calculs, les concessions et l'usure qui ont fait de nous des étrangers moralement liés par un enfant qu'elle était seule à vouloir.

Je me ressaisis. Pas question de redevenir une âme errante corvéable à merci, comme aux premiers temps de mon trépas[1]. Aucune envie de fragiliser cette autonomie relative qui m'a coûté tant d'efforts. La présence obligée qu'entraîne l'exhumation de mon corps ne sera, je suppose, qu'une parenthèse sans suite. Mon rappel sur Terre s'achèvera quand mon caveau sera refermé. Je ne fais plus partie de l'avenir de Fabienne : je dois accepter de ne rien pouvoir pour elle, quelle que soit la force de ses prières.

Je me rabats sur Lucien. Lui, au moins, il va bien. Petit génie de l'informatique depuis l'école primaire, diplômé de l'université d'Oxford Brookes, il

---

1. Voir *La Vie interdite*, Albin Michel et Le Livre de Poche.

est devenu l'un des meilleurs hackers du Rhône-Alpes. À la manière de ces cambrioleurs qui se reconvertissent en serruriers, il a fondé une boîte de conseil en cybersécurité qui cartonne, et je ne suis pour lui qu'un gentil souvenir embelli par le temps, noyé sous des satisfactions matérielles incessantes. Le présent l'absorbe, l'avenir l'excite et le passé lui convient. Depuis belle lurette, il m'a pardonné les injures de ce verre baladeur qui l'avaient empêché de dormir pendant huit jours. Il est en paix avec ma mémoire. J'étais un père suffisamment absent pour ne laisser ni regrets ni griefs excessifs. Quand j'étais disponible, on jouait à la bagarre, on faisait ses devoirs, il tentait de m'initier à ses jeux vidéo, je le formais aux commandes d'aiguillage de mon train électrique, et le soir je lui racontais des histoires piochées dans mes livres d'enfant remontés de la cave – rien qui me rende irremplaçable ni qui incite à me remplacer. Il s'est donc bien entendu avec le compagnon de sa mère, sans attendre de lui quoi que ce soit, et ça continue depuis qu'elle l'a quitté : ils jouent aux échecs en ligne tous les dimanches matin, par habitude. Jamais il ne s'est cherché un père de substitution, en dehors de Steve Jobs, le fondateur d'Apple.

Avec ses techniques de piratage rendant caducs tous les systèmes de protection sauf les siens, il aurait pu faire carrière en Amérique ou au Japon, mais il a préféré implanter sa micro-entreprise dans la technopole au bord du lac, pour rentrer déjeuner avec sa mère. Millionnaire en cryptomonnaie, il vit toujours dans sa chambre d'enfant au-dessus de la quincaillerie. Le samedi soir, il saute des filles connectées sur des sites – pare-feu définitif contre le virus passionnel qui a infecté ses circuits l'année de ses vingt ans. Il bosse dur, il baise *light*, il se détend en faisant du marathon sur tapis roulant avec du RnB dans son casque, et il tente en vain de lutter contre les bourrelets inadaptés à son look émacié de geek bio.

Mais ses sentiments édulcorés à mon égard ne peuvent me retenir plus longtemps, face à l'attraction poignante exercée par celle qui, de bonne foi, me prend pour son père biologique. Je suis son dernier recours, le seul fil qui raccroche encore à la vie cette étudiante à lunettes, voûtée comme une petite vieille sous le poids des regards aixois. L'ultime espoir qui lui reste : ne plus être considérée comme la fille d'un monstre, mais comme celle d'un brave type n'ayant laissé que des souvenirs indolores.

D'un coup de coude discret, sa grand-mère lui intime de se tenir droite, dans ce moment de revanche sociale où la génétique s'apprête à lui rendre justice. Morgane d'Arven-Dumontcel se redresse d'un centimètre, sans quitter du regard, derrière ses verres embués, l'expert à gants de latex, masque et charlotte bleue qui effectue son prélèvement d'ADN.

Je comprends mieux à présent le geste de Fabienne, le contexte dans lequel elle a rédigé son faux en écriture. La maman de Morgane, Marie-Palatine, avait été mon amie d'enfance, ma protégée de la cour de récréation où son obésité précoce lui valait le surnom de Profiterole. Épuisée par les pressions sociales de la Dumontcel exigeant un gendre à la hauteur de sa glorieuse pâtisserie, temple de la gourmandise thermale que fréquentait jadis la reine Victoria durant ses cures, mon ancienne copine d'école s'était finalement résolue à épouser, un an avant mon décès, un anesthésiste de Chambéry descendant d'une lignée de barons bretons, éteignoir pontifiant, bridgeur de haut niveau et pilier d'associations caritatives. Lequel, fin septembre, s'était fait arrêter à la une du *Dauphiné libéré* pour avoir abusé d'une trentaine de fillettes en sortie de bloc opératoire. Marie-Pa, déjà dépressive et sous Tranxène depuis la puberté, n'avait pas supporté le scandale et la honte dont sa mère la rendait responsable. Après avoir révélé à Morgane que j'étais son véritable père, elle était allée se jeter sous le TGV de 19 h 13.

Pauvre petite... Comment va-t-elle réagir quand elle découvrira que les dernières paroles de sa maman n'étaient qu'un mensonge d'amour, un cadeau de départ ? Le legs d'un aveu réparateur qui, au bénéfice du doute, vu ma réputation toujours vivace de queutard patenté, aurait pu demeurer une probabilité si ma veuve n'avait eu, en me faisant autoriser le prélèvement d'ADN, cet élan magnanime qui aura pour effet de réduire à néant tout espoir. Contrairement à ce qu'elle pense, je n'ai jamais eu la moindre relation sexuelle avec mon amie d'enfance.

L'expert dépose l'échantillon dans une éprouvette à l'intérieur d'une mallette en fer qu'il referme. Mon fils crispe les doigts sur l'épaule maternelle. Je lis dans leur tête qu'elle lui a avoué son faux en écriture, ce matin. Aussitôt, il s'est rallié à son choix en s'abstenant de lui dire qu'il avait déjà deviné : le papier recyclé de ce permis d'exhumer qu'elle avait soi-disant découvert dans mes archives n'existait pas de mon vivant.

Le commissaire se tourne vers Fabienne, qui soutient un instant son regard avant d'abaisser les paupières. Le couvercle en chêne se referme sur mon visage. Lucien serre les dents, adresse un sourire solidaire à Morgane qui éclate en sanglots. Ils se connaissent à peine, ces deux-là, mais ils étaient prêts, je le sens, à s'accepter de bon cœur, à devenir demi-frère et sœur pour défier la malveillance des bien-pensants. Quel gâchis... Le faux suspense de cette cérémonie macabre est un enfer pour moi – la première fois où ce mot prend un sens depuis mon trépas. Je n'ai pas le pouvoir d'empêcher l'inévitable, alors à quoi sert que j'assiste à ce drame en trois actes dont, connaissant l'issue, je devine les conséquences ?

Cette vie qui fut la mienne était close depuis longtemps, ma succession réglée, je n'avais pas causé de cicatrices ineffaçables, le modeste vide qu'avait laissé mon absence s'était rempli très vite et plutôt bien, j'avais pu sans regrets excessifs m'affranchir de ma mémoire pour servir d'autres causes – rien ne justifie ce retour d'un figurant que personne ne perçoit, voyeur malgré lui d'un rebondissement prévisible. Au stade spirituel que j'avais atteint, détaché de la matière et des interactions de pensées, je ne comprends vraiment pas l'utilité de cette épreuve que je me laisse infliger, sans pouvoir y changer quoi que ce soit.

Fabienne tressaille. Elle vient d'apercevoir Naïla, de l'autre côté du périmètre d'intimité que les autorités ont délimité par du ruban rayé sur piquets. Les deux femmes de ma vie échangent un regard où l'empathie le dispute à l'autodérision. Naïla lui sourit tristement, fronce le nez et repart. Simple acte de présence d'une minute et demie pour lui dire courage. Une part de moi voudrait avoir envie de la suivre, mais nos jolis souvenirs, dans sa tête, se sont dilués sous le traumatisme et le remords rétrospectifs. Il faut la comprendre : je suis décédé en dormant contre son corps, sans qu'elle s'en aperçoive, dans la caravane qui me servait d'atelier de peintre amateur. Pressée par son travail, elle avait sauté dans son jean en me souhaitant bonne journée, détalant sans attendre la réponse. Avant qu'on me découvre, j'étais resté seul une heure quarante en face de son portrait inachevé.

Elle prie souvent pour moi en réclamant mon aide, je m'en rends compte à présent, mais il y a une colère nouvelle en elle et je n'y ai pas accès. Prend-elle si mal le soupçon que j'aie pu avoir une autre maîtresse ?

Le regard flou, elle franchit les grilles en croisant Guillaume Peyrolles. Toujours en retard, celui-là, mais c'est gentil d'être venu. Il salue sans ralentir Naïla qui ne le reconnaît pas. C'est vrai qu'il a bien changé, le timide gendarme blond qui, d'émotion, m'avait gerbé dessus – j'étais son premier cadavre. L'enquête sur les causes de mon décès ne l'avait occupé que trois quarts d'heure, mais celle qu'il avait menée sur ma vie de provincial faussement insipide, des mois durant, lui avait valu un joli succès parisien, le prix du Premier roman, les faveurs de ma veuve et la reconnaissance indéfectible de notre fils. Depuis, il se cherche. Du moins, il court en vain derrière un sujet vendeur. Son livre suivant n'a pas marché, le troisième a été refusé par son éditrice, et il est devenu critique. Ça ne remplace pas, mais ça console – du moins, ça compense. Sauf que les détestations qu'il suscite en flinguant ses confrères ne font qu'alimenter son dégoût de soi ; derrière l'éternel sourire d'ironie détachée qu'il affiche, je le sens au fond du gouffre.

Il enjambe le ruban façon scène de crime en

brandissant son ancienne carte de gendarmerie, fend la petite foule jusqu'à Fabienne et Lucien. Il les embrasse, une joue chacun, leur prend le bras. Il arrive de Paris, il ne voulait pas les laisser seuls dans un moment pareil. Et puis, qui sait ? La situation pourrait lui inspirer une suite à mon histoire. Comme pour se reconnecter à la source, il fixe ma photo sur le granit. L'air de se recueillir, il prend des notes dans sa tête.

Discrètement, Lucien lui fait voir mon look actuel, qu'il a immortalisé avec son iPhone pendant que l'expert effectuait son prélèvement. Guillaume déglutit. Il essaie de se mettre à ma place, du moins de ressentir la scène de mon point de vue. Mine de rien, il observe d'un regard en biais ma bâtarde putative, traquant d'éventuels traits communs, la criblant *in petto* d'adjectifs et de formules à l'emporte-pièce. Sa conclusion rejoint l'opinion générale : n'évoquant ni la rondeur honteuse de Marie-Pa, ni la dignité glacée d'Yves d'Arven, elle apparaît comme une pâle copie de mon insignifiance.

– Bien, ponctue sa grand-mère en direction de ma veuve. Nous nous retrouverons chez le notaire.

C'est peu dire que la vieille Jeanne-Marie boit

du petit-lait. L'année dernière, après sa liquidation judiciaire, Fabienne a racheté la pâtisserie Dumontcel pour agrandir la quincaillerie. À la place de la pancarte d'époque en anglaises calligraphiées *By Appointment of Her Majesty The Queen*, on lit désormais *Espace tondeuses.*

– Merci de vous être déplacée, répond Fabienne avec une courtoisie neutre.

La reine déchue des millefeuilles et des éclairs au génépi toise l'ancienne Miss régicide qu'elle surnomme en public « Madame Bricolage ».

– La vie se chargera bientôt de vous rabattre votre caquet, mon p'tit.

Sans relever, Fabienne serre le poignet de Morgane avec un sourire de compassion meurtrie.

– On avait beaucoup de sympathie pour votre maman, traduit Lucien.

– Merci, monsieur Lormeau. Je suis désolée pour…

D'un geste maladroit, la jeune fille englobe le caveau et les fossoyeurs qui achèvent d'aplanir le sol.

– Dieu reconnaîtra les siens ! tranche la pâtissière honoraire.

Et elle tourne les talons dans une envolée de sa

cape en cachemire noire, entraînant l'orpheline au pas de charge, comme s'il était inconvenant de s'attarder plus longtemps sur le champ de bataille où elle vient de s'illustrer.

– Autant vous prévenir de suite, mademoiselle Morgane ! déclare mon vieil Alphonse en leur barrant la route avec son déambulateur. La quincaillerie et les gâteaux, ça fait deux. Si vous êtes homologuée, je vous y donnerai les bases.

– Ce ne sera pas nécessaire, réplique la Dumontcel en le contournant avec une commisération narquoise. Vous pourrez enfin profiter de votre retraite, mon brave, sans que ces gens vous exploitent.

Du haut de sa stature combinant le physique du général de Gaulle et la gestuelle du neuneu campagnard, le doyen de la quincaillerie s'apprête à lui river son clou, mais Morgane, résistant à la traction de sa grand-mère, le remercie d'un sourire chiffonné qui le fait fondre.

– C'est très gentil, monsieur Dulac. Je m'en souviendrai, au cas où…

La délicatesse de ses points de suspension m'émeut autant que l'espoir qu'ils sous-tendent.

– Mais tu vas pas chougner, voyons ! se récriet-il dans un éclat de rire. C'était un joyeux, mon Jacques, faut que tu aies de qui tenir ! Toujours la blague au coin des lèvres, et le poisson d'avril comme s'il en pleuvait. Dis-y, Jeanne-Marie ! Faut qu'elle travaille son humour, la 'tiote, si elle veut y reprendre le flambeau !

– On lui dira, abrège la Dumontcel. Dépêchons-nous, tu es mal garée.

Soudain, je ressens la présence de Marie-Pa. Incroyablement lumineuse et rayonnante – une nébulosité coiffée d'une couronne de galette des rois, irradiant de bonheur maternel et m'englobant dans sa liesse. Je ne comprends pas. De son vivant, elle n'était pas spécialement futée, mais, vu la qualité de son aura, elle paraît, en seulement quelques semaines d'au-delà, beaucoup plus évoluée que moi spirituellement – à côté d'elle, je me fais l'effet d'être une âmelette. Alors pourquoi se réjouit-elle de la situation dramatique sur laquelle elle vient de se greffer ? Elle sait comme moi que Morgane est bien la fille du monstre. Le faux en écriture si généreux de Fabienne et les bonnes dispositions de Lucien suffisent-ils à combler la suicidée du chemin de fer ? La terrible déconvenue qui va frapper son enfant quand tombera le résultat du comparatif ADN n'a pas l'air de la soucier. Bon. C'est elle qui voit. Je n'ai plus qu'à me désagréger, comme elle vient de le faire tandis que je répondais à la ferveur de son merci. De rien, c'est le cas de le dire. Retournons sous d'autres cieux, là où l'ego, l'aigreur et la malveillance n'ont plus cours.

Mais non. Je demeure présent alors qu'on a rebouché le trou devant mon caveau et que le public se disperse. Je ne sais pas ce qui me retient.

– Je te trouve très belle, murmure Guillaume sans regarder ma veuve, les doigts joints devant ses lèvres comme s'il priait.

– Il n'y a vraiment pas de quoi, répond-elle sur le même ton. Mais c'est gentil.

Ils sont restés tous deux figés devant la sépulture. Le sentiment de jalousie inattendu que j'éprouve soudain me laisse perplexe.

– Quand tout cela sera passé, reprend-il, tu devrais faire un saut à Paris, pour te changer les idées.

– Je peux terminer mon Notre-Père ?

– Oui, pardon, désolé.

Mon ancien romancier fait un pas de côté pour s'esquiver. Elle lui glisse, sans quitter des yeux ma photo sur le granit :

– Rejoins les autres au Café de l'Église. J'arrive.

Guillaume hoche la tête et la laisse avec moi.

– … *à la tentation*, achève Fabienne, *mais délivre-nous du mal, amen.* J'espère que c'était ta volonté, Jacques. Et qu'on ne t'a pas dérangé pour rien.

Elle passe quelques minutes à laisser remonter des souvenirs doux-amers dans une tristesse profonde qui m'envahit, puis elle s'en va brusquement.

Je reste au bord de la tombe, retenu sans doute par une forme de respect envers les ossements familiaux qui ne représentent plus rien, si ce n'est l'intensité des prières qui s'y sont incrustées. Mais voilà que je ressens comme la tension d'une laisse invisible, une attraction dont l'effet commence à brouiller le paysage.

Qui va m'entraîner à sa suite ? L'expert en route pour le laboratoire d'analyses avec mon ADN, ou Fabienne qui offre à ma mémoire le verre de l'amitié ?

Eh non. Je me retrouve dans la chapelle attenante au cimetière, en compagnie des Dumontcel. Marie-Pa est retournée à ses occupations posthumes, et c'est moi qui tiens la chandelle tandis que Jeanne-Marie brûle un cierge. Ses marmottages tiennent moins de la prière que de la mise en demeure. Comme si elle s'adressait à un fournisseur, elle presse saint Joseph de me confirmer sous vingt-quatre heures en tant que géniteur de sa petite-fille – c'est bien son genre, de solliciter le beau-père du Christ pour réaliser ce genre de vœu. Morgane, elle, ne demande rien : elle rend grâce. Elle m'appelle papa, elle dit que Fabienne et Lucien sont merveilleux et qu'elle fera tout pour que je sois fier d'elle, à leurs côtés, dans ce qu'elle appelle avec un frisson d'emphase sa « vie prochaine ». Un bonheur si nouveau la submerge. Une confiance totale dans ce qu'elle perçoit de ma personnalité, dans les gènes que je lui ai transmis. Je suis désolé, Morgane. Tu devras te reconstruire sans moi.

Concentré sur la fumée du cierge, j'attends de suivre le même chemin pour me dissiper vers les hauteurs, dissoudre ce regret sans prise. Mais me revoici auprès de Fabienne qui, sur la banquette en skaï rouge du Café de l'Église qu'elle a privatisé, écoute mon copain Jean-Mi, rentré tout bronzé d'une campagne en mer de Chine. Devenu militant chez Greenpeace pour fuir l'emprise maternelle, l'ancien Meilleur pâtissier de Savoie avait boycotté l'enterrement de sa sœur comme il vient de sécher mon exhumation, afin d'éviter tout contact avec « la Meringue » – il l'appelait déjà ainsi de mon vivant. Je le comprends. Jeanne-Marie, dont l'aïeule recueillait les confidences de la reine Victoria entre deux éclairs et trois tartes meringuées, s'était vengée d'une vie indigne de ses prétentions en broyant ses enfants sous des culpabilités variées. Les ayant dotés de prénoms grandiloquents destinés à impressionner la clientèle – Marie-Palatine, Jean-Donnadieu, Jean-Gustalin, Jean-Michelangelo –, elle les avait rapidement abrégés pour asseoir son autorité, briser leurs élans, leurs initiatives, leurs velléités d'indépendance, les rabaissant en public du matin au soir dans l'intention de valoriser le restant de son personnel. Résultat : une bipolaire alternant anorexie et boulimie, un alcoolo carburant au kirsch de ses créations chocolatières, un toxico dilapidant au casino les recettes du magasin pour honorer ses dettes de crack, et un misanthrope animaliste essayant d'arraisonner les baleiniers à bord d'un petit Zodiac.

– Vous pouvez dormir tranquilles, assure-t-il pour réconforter ma veuve et mon fils. Si Jacques avait sauté ma sœur, je le saurais. Elle me disait tout, et il me cachait rien.

Fabienne répond merci, machinalement, en remuant sa cuillère dans le café qu'elle a oublié de sucrer.

– Je ne t'ai pas salué, Jean-Mi ! claironne Alphonse Dulac en quittant la table du personnel, qu'il bombardait d'anecdotes sur mes canulars de jeunesse pour égayer ma mémoire. Toujours sur les mers ? Mes condoléances pour ta sœur, j'y aurais étranglé sa druge de mari si seulement j'avais su, et tous mes vœux pour ta nièce. Je la prends sous mon aile, sois rassuré, je vais t'en faire une vraie quincaillière ! Allez, madame Fabienne, faut que je m'en aille, j'ai un souci à régler. Je prévois de venir demain, des fois qu'Odile vous pose un congé maladie : j'y trouve une petite mine. Bonne fin d'appétit et à la santé de not' Jacques !

– Increvable, le vieux, commente Jean-Mi dès que le déambulateur a fait volte-face.

– À qui le dis-tu, soupire Fabienne.

Mon ancien partenaire de voile fait signe au serveur de lui apporter une carafe pour son aspirine. Dès qu'il revient à Aix-les-Bains, son crâne est pris dans un étau. Il incrimine la proximité de sa mère, mais c'est celle de ses frères – Jean-Do mort en 2017 d'une overdose pendant sa cure de désintox, et Jean-Gu parti l'an dernier d'une cirrhose au kirsch. Englués dans leur ancien cadre de vie, ils ne perçoivent rien d'autre, ne comprennent pas qu'ils sont défunts et s'accrochent à leur frangin, sans qu'il en ressente d'autre effet que la migraine. C'est ça, les âmes en peine. Être oubliées des vivants ne les dissout pas, mais les incruste.

– Parce que bon, reprend-il pour dissiper les illusions de ma veuve, ça se serait passé quand, ma sœur et lui ? Neuf mois avant la naissance de

Morgane, on tombe sur quoi ? Le bicentenaire de la pâtisserie. C'est ça ? Le soir où tu étais clouée au lit par une gastro.

– Peut-être.

– Impossible ! Jacques a juste fait une apparition pour les photos, et il s'est tiré de la soirée à 20 heures pour rejoindre Naïla – je m'excuse.

– Pas de souci, dit Fabienne. Tu es vraiment sûr, Jean-Mi ?

– Certain : j'étais son alibi. C'est moi qui te l'ai ramené bourré à trois heures du mat', rappelle-toi. On t'a même réveillée pour éviter les soupçons.

– Mais un autre soir, je sais pas... Un soir où il aurait eu pitié d'elle. Un câlin, juste comme ça, histoire de lui remonter le moral...

– Tu rigoles ? Je veux bien que tu l'idéalises, ton Jacques, mais c'était pas non plus l'abbé Pierre de la nique. Il ne t'a trompée qu'avec Naïla, je te le jure ! Et d'façon, pour Marie-Pa, leur amitié était sacrée, à la vie à la mort : jamais elle n'y aurait mêlé le cul. Non, je te dis, ça tient pas debout. C'est juste une invention de la Meringue pour te piquer la moitié de la quincaillerie.

L'idée que sa sœur ait simplement voulu léguer à Morgane un père de secours ne l'effleure même pas. Voyant le mal partout, il contribue à le répandre. Fabienne soutient son regard, les yeux humides, les lèvres entre les dents. Il prend ça pour du soulagement. Assis près d'eux en bout de table, Guillaume, attentif, tourne la tête de l'un à l'autre, échafaudant des rebondissements possibles.

– Qu'est-ce que tu en penses ? lui demande Lucien, le considérant plus comme ma référence vivante que comme l'ancien compagnon de sa mère.

– Je ne sais pas, ment-il.

En fait, il trouve que c'est un bon début, qui permettrait de resituer, vingt-cinq ans après, les personnages et le décor de son premier roman. Il se dit que son éditrice pourrait être rassurée par l'accroche fait-divers et que l'à-valoir comblerait son découvert. Il vient même de trouver le titre, qu'il griffonne discrètement sur la nappe en papier : *Une âme légère.*

– Mais, quand même, Jean-Mi..., relance Fabienne. Tu ne peux pas nier que ta nièce a vraiment quelque chose de Jacques...

– C'est pas de l'hérédité, c'est du mimétisme. OK ? Elle y croit, elle le veut, et voilà. Et toi, c'est pareil : ça te chamboule, ça te fait peur, alors tu cherches des indices, des ressemblances, et fatalement tu en trouves.

Elle porte sa tasse à ses lèvres, la repose. D'un coup de paume sur la table, le défenseur des baleines clôt le sujet :

– Heureusement que Jacques avait pensé à autoriser le test ADN ! Ça vous sauve.

– Laissons faire le destin, marmonne Fabienne, qui tourne les yeux vers notre fils avec une lueur inquiète.

Lucien a un geste de tendresse pour elle, en même temps qu'une moue rassurante. Dans le regard en coin qu'ils échangent, je crois comprendre ce qu'il a en tête. Et, dans une certaine mesure, pourquoi je suis encore là.

– Allez, ma Fafa, t'en fais pas, on va crever l'abcès dans l'œuf, promet Jean-Mi. T'as assez morflé comme ça. Faire déterrer mon pote, elle l'emportera pas en paradis, la Meringue. Je voulais arriver à temps pour te soutenir au cimetière, mais ces putains de Gilets jaunes…

– Je suis solidaire, coupe Lucien d'une voix neutre.

– Moi aussi, mais qu'ils restent sur leurs ronds-points ! Ou alors, s'ils veulent faire chier utile, qu'ils aillent couper la route aux baleiniers ! C'est vrai, merde : on n'était plus que dix-huit, en mer de Chine, et les baleines de Minke, elles sont tombées en dessous de vingt mille.

– Je dois y aller, dit Lucien en se levant.

– Je t'ai pas vexé, j'espère.

– C'est pas contre toi, Jean-Mi, j'ai du taf. Tu restes dîner, Guillaume ?

– Non, je ne peux pas, désolé. Je dois couvrir le cocktail du prix de Flore, je reprends le 15 h 12.

– C'était cool de te revoir.

– Malgré les circonstances, oui, moi aussi, dit l'autre en déchirant le coin de la nappe pour empocher ses notes. Ça ne t'a pas trop cassé ?

– Ça ira.

– Tu es sûr ?

Plissement de paupières. Mon auteur lui emboîte le pas vers la porte, bras dessus bras dessous, pour lui soutirer quelques sentiments touchants qui embelliront la scène. Fabienne les regarde s'éloigner, avec un gros coup de blues en repensant à ces deux ans et demi où, tombée amoureuse de Guillaume dans l'intérêt de notre fils, elle avait recréé autour de ma mémoire un semblant de cellule familiale.

– J'aurais pas dû charrier le p'tit avec les Gilets jaunes, se reproche Jean-Mi.

Elle le rassure en lui pressant le poignet. « Le p'tit », comme il dit, est son unique sponsor. Par fidélité envers mon vieux copain, Lucien verse chaque année dix mille euros à SOS Baleines. Fabienne se lève brusquement. Sous l'œil compatissant de son personnel qui se pochetronne à l'apremont pour le repos de mon âme, elle court vers le comptoir empêcher son ex de régler l'addition.

– C'est mon mari, lui rappelle-t-elle avec une douceur ferme.

– C'est mon personnage, lui répond Guillaume en tapant son code. T'inquiète, je le ferai passer en note de frais.

Elle lui sourit, s'appuie contre lui un instant. Le temps de se rappeler combien il l'a aidée à surmonter mon absence – et de constater qu'aujourd'hui sa présence ne lui fait plus rien.

– Tu penses à quoi ? s'informe Guillaume.

– À lui. Ça t'a donné envie d'écrire une suite ?

– C'est une crainte ou une demande ?

– Juste une question, dit-elle en se détachant. Oublie.

Elle sort pour rejoindre notre fils, mais il a déjà

disparu sur son scooter. En désaccord soudain avec ce qu'elle le soupçonne de vouloir faire, elle fonce vers la borne où se recharge sa voiture électrique.

Guillaume la suit des yeux, s'abandonnant à la nostalgie intense que le contact de son corps vient de réveiller – la nostalgie du succès remporté par l'histoire que je lui avais inspirée. Ce triomphe qui les avait unis avant d'être la cause de leur séparation, quand le flot de jeunes lectrices attirées par sa célébrité subite l'avait, au fil des mois, détourné du service après-vente auquel s'apparentait pour lui, à l'époque, sa relation avec Fabienne. Aujourd'hui, il se dit qu'elle était sa bonne étoile, sa source de rayonnement, et que rien ne marche plus depuis qu'il vit loin d'elle.

Adossé à un lampadaire, il ferme les yeux pour revoir dans le détail le soir où il avait reçu le prix du Premier roman. La fête à la maison d'édition, le bureau isolé où il avait entraîné la veuve de son héros pour lui faire l'amour sur ses piles d'affiches publicitaires…

Chassé par ses souvenirs qui ne me regardent plus, je me retrouve devant un immense portail noir qui s'ouvre dans un chuintement.

– Ne t'en fais donc pas, mon Jacques, c'est fini, on rentre.

Je ne comprends pas ce que je fais là. Une camionnette Lormeau vient de déposer Alphonse avec son déambulateur devant une grande propriété en lisière du golf. Un jeune homme brun d'une élégance voyante, style publicité pour rasoir, l'apostrophe en marchant vers lui tandis que le portail électrique achève de s'ouvrir.

– Salut, mon vieux, désolé, je suis à la bourre ! Si tu viens encore pour la tondeuse robot, c'est non, je l'ai dit à ta patronne !

Soudain il change de ton, voyant son visiteur vêtu d'un costume-cravate noir, lui qui est toujours en col roulé sous l'anorak.

– Qu'est-ce qu'y a ? Ça va ?

– *Moi* oui, répond Alphonse d'un ton appuyé en sondant son regard. Mais toi, Sergio… Tu ne t'es pas senti bizarre, tout à l'heure ? Comme l'impression que ton esprit te sortait de la tête, histoire d'aller faire un tour…

– Pourquoi tu me demandes ça ?

Consterné, je viens de reconnaître les lieux : on est chez Mlle Toussaint. La pire de mes clientes. Devenue bouddhiste à soixante-trois ans afin de liquider la mémoire de sa mère, grenouille de bénitier qui l'avait maintenue sous le seuil de pauvreté tout en possédant la moitié de l'hôtellerie aixoise, elle avait tout bradé du jour au lendemain pour s'offrir une fondation de soutien au dalaï-lama, une Lamborghini Diablo et cette maison ultra-moderne sur un hectare de pelouse que, par esprit de compétition, elle tondait aussi ras que le golf mitoyen. Ayant découvert mon cadavre en venant m'engueuler pour un mauvais affûtage des lames, la vieille allumée s'était mis en tête de me réincarner à titre de travaux pratiques.

La suite, je viens de l'entrevoir dans la mémoire d'Alphonse. Passant en revue les jeunes femmes de son quartier susceptibles de m'accueillir dans leur début de grossesse, Thérèse Toussaint avait jeté son dévolu sur l'épouse du mécano qui entretenait sa Diablo. Seul Alphonse, qu'elle avait connu enfant de chœur, était au courant du rituel qu'elle avait pratiqué sur le fœtus, à base d'incantations piochées dans *Le Livre des morts tibétain.* Après l'accouchement, elle l'avait prié d'assurer le « suivi », de guetter dans les paroles et le comportement du petit Sergio tout ce qui aurait pu constituer un indice de sa vie antérieure – la mienne.

Alphonse, élevé à l'orphelinat des Frères maristes, était fermé à ce genre de sornettes mais, soucieux de ne jamais contrarier ses clients, il avait accepté la mission. Comme Fabienne l'avait placé en semi-retraite, il s'était remis à jouer les baby-sitters comme jadis auprès de moi, inoculant au gamin des « expressions de Jacques », la passion de la peinture et le goût du canular – sans trop de succès, mais sa conscience professionnelle se dispensait de l'aval d'un quelconque résultat. Et puis, un jour, il avait surpris Sergio en train de pisser sur des limaces, exactement comme je le faisais dans mon enfance, m'étouffant de rire quand elles se recroquevillaient sous la chaleur du jet. C'est ce que Thérèse Toussaint appelait un « marqueur karmique ». Un signe de reconnaissance.

Alors Alphonse, bouleversé, s'était mis à y croire. Comme Toussaint interdisait de révéler à Sergio qu'il abritait un passager clandestin, afin de respecter le processus d'assimilation, il s'était contenté de lui présenter discrètement ma veuve, mon fils et ma maîtresse, pour voir si « ça lui disait quelque chose ». Ça n'avait rien donné, mais, soucieux d'embellir l'avenir de ce gosse de pauvres auquel il s'était attaché, il avait inventé dans ses rapports à Toussaint tant de preuves de ma présence en lui que la vieille bouddhiste, considérant l'enfant de mécano comme son fils spirituel, l'avait institué légataire universel. Quand elle s'est éteinte, l'an dernier, Sergio a racheté avec son héritage la concession Lamborghini de Chambéry, où il fournit désormais en italiennes haut de gamme les frimeurs du Rhône-Alpes.

Je n'en reviens pas que la sollicitude d'Alphonse ait pu m'arracher aux miens pour me transférer là. Il m'a fait faire mes premiers pas sur Terre ; il se sent obligé de veiller à la bonne marche de mon âme. C'est-à-dire, en l'occurrence, la ramener au bercail. Chez ce parvenu tête à claques qui a eu pour seul mérite de pisser par hasard de la même manière que moi.

– Ça ne t'a pas fait une espèce d'arrachement ? insiste-t-il, la main posée sur l'épaule en cuir du gigolo karmique. Avec des émotions qui auraient l'air de s'en venir de la vie d'un autre ?

Je n'aime pas trop ce que je ressens. L'impression de me retrouver comme un semis dans une terre étrangère, une graine qui n'a pas germé et qu'on arrose en vain.

– J'comprends pas ta question, dit Sergio.

S'efforçant à la clarté sans pour autant lui souffler la réponse, le vieux incline la tête avec un œil à demi fermé :

– Tu n'as pas eu comme l'impression qu'on te dévissait le couvercle ?

– Ben non, j't'en aurais parlé, sourit Sergio.

Il se désole de voir son ancien baby-sitter sombrer dans l'Alzheimer, mais il a rendez-vous avec son comptable dans un quart d'heure.

– Tant pis, soupire Alphonse. Et si je te dis : « Morgane », tu me réponds... ?

– On jouera aux devinettes une autre fois, OK ?

– Bon. Comme tu veux.

Notre vieux nounou est tout triste. Je comprends soudain sa démarche. C'est comme s'il était venu lui offrir une ultime chance de confirmer, face à tous les envieux aixois qui l'accusent d'abus de faiblesse, les espoirs opiniâtres que sa légatrice plaçait en lui.

– Je vais dire un mot à Thérèse, si tu permets.

– Ça marche, tu connais le chemin, fait Sergio en se pliant pour entrer dans son énorme cabriolet ras du sol. Quand tu as fini, tu te fais ouvrir par la bonne. À plus !

Le bolide jaune canari démarre dans une envolée de gravier. Alphonse agite la main, attend que le portail se soit refermé sur le vacarme hors de prix des douze cylindres. Puis il oriente son déambulateur vers le fond de la pelouse, claudique jusqu'à un petit temple aux couleurs pimpantes abritant une jarre dorée.

– Au nom du Père, du Bouddha et compagnie, dit-il en ôtant son béret, adieu Thérèse. Je suis venu te donner des nouvelles. Voilà, ce matin ils ont déterré notre Jacques pour y prendre ses empreintes alphabétiques, alors je me suis dit que la chose d'ouvrir le cercueil en public, ça avait tellement secoué la famille et moi-même que son âme, je ne sais plus comment on l'appelle chez vous autres, ça l'avait sortie en force du Sergio qui, du coup, nous aurait fait comme un coma, tu vois. Je suis rassuré. En même temps, ça me tracasse.

Lentement, il se retire une crotte du nez et, ne sachant qu'en faire, la colle sans intention précise sous la narine du bouddha qui surmonte les cendres de sa commanditaire.

– Tu vois, Thérèse, j'ai beau y croire pour te faire plaisir, plus je vais en âge et plus j'en viens à me dire des fois que la réincarnation, c'est du flan. On se figure que les défunts ça se reloge, et puis ça reste des sans-abri.

Le fil de sa pensée s'interrompt un instant, le temps que la mouche en escale sur le côté de la jarre s'envole.

– Mais si mon Jacques n'est pas dans le Sergio, qu'est-ce qui me reste ? Il n'est pas méchant, son fils, mais c'est le jeune toujours collé à son écran, y a rien à en tirer. C'est pour ça que la petite Morgane, c'est mon dernier espoir. J'y apprendrai le nom des outils, la découpe du bois, le mode d'emploi du client…

Rétréci par le sourire, son regard s'élève au-dessus du golf, jusqu'au sommet de la Dent-du-Chat qui flamboie sous le soleil sorti des nuages.

– C'est ça que tu attends, hein, mon grand ?

Si ça se trouve, la mort comme la vie, c'est jamais que du cinéma. On est dans le film et, un jour, on se retrouve dans la salle à regarder l'écran.

Sous l'effet délétère de ces paroles qui résument si bien ma situation présente, je le vois s'éloigner vers le portail, de plus en plus flou. Et la pelouse se fond dans une clarté aveuglante, comme si la salle se rallumait.

*

Tout seul au centre de son open space envahi de soleil, Lucien, en bras de chemise, a dénoué la cravate qu'il a prise ce matin dans le dressing de sa mère où elle me conserve un cintre.

– Qu'est-ce que tu fais ? s'enquiert Fabienne qui vient de le rejoindre au siège social de sa start-up.

– *Impersonation Attack*, répond-il sans ralentir le mouvement de ses doigts sur le clavier.

– C'est-à-dire ?

– Usurpation d'identité. J'écris un mail du juge au laboratoire d'analyses.

Elle passe derrière lui pour regarder l'écran où il achève sa phrase :

Conformément à la nouvelle réglementation informatique en vigueur au tribunal judiciaire, je vous remercie de m'adresser le comparatif ADN Lormeau / D'Arven sur ce mail sécurisé https.

– Tu es en train de faire un faux en écriture, souligne-t-elle.

– Ben oui. Telle mère, tel fils. En remplaçant le tiret par un point, je me suis créé cette adresse à partir de celle du juge, et je l'indique au labo. C'est le moyen le plus simple d'intercepter le résultat.

Et il pianote de plus belle avec une vitesse impressionnante :

Veuillez trouver en pièce jointe la clé PGP destinée à encrypter votre envoi.

Cordialement,

Xavier Tanquerel, juge des affaires familiales.

Il expédie le mail d'un coup d'auriculaire.

– Comme ça, on sera fixés les premiers.

Fabienne se laisse tomber sur l'un des fauteuils tubulaires. Dans son regard, l'anxiété se teinte d'admiration. Elle glisse du bout des lèvres :

– Et si le test est négatif ?

– Je le rends positif, répond-il avec un naturel parfait. Et je l'envoie au juge à partir de l'adresse « sécurisée » que je crée pour le labo. C'est ce qu'on veut, non ?

Il a relevé la tête pour qu'elle confirme leur choix. Elle serre les dents. Il insiste :

– Morgane a déjà changé de père dans sa tête, on va pas lui refoutre l'ADN du pédocriminel. Tu es d'accord ?

La voix fissurée par le scrupule, Fabienne répond :

– Pour moi, il n'y a pas de problème. Mais toi… Si elle n'est pas ta demi-sœur, tu es sûr de vouloir quand même diviser ton héritage par deux ?

Il réplique avec un petit sourire de reproche indulgent :

– Maman… Je ne voudrais pas être vexant, mais je fais chaque mois le tiers de ton chiffre annuel.

– Oui, bon, se coince Fabienne. Et si le juge te prend en flagrant délit de falsification informatique ?

– Maman, répète-t-il avec une nuance d'ironie supplémentaire.

– D'accord, soupire-t-elle.

Il se tourne vers l'écran, où la responsable du

labo accuse réception, par retour de mail, de la demande qu'il lui a envoyée *via* la fausse adresse du juge.

– Je modifie son adresse à elle aussi, voilà. Et je lui fais écrire : *Votre Honneur, suite à la nouvelle réglementation informatique imposée au laboratoire, je vous remercie de me communiquer votre clé PGP pour l'envoi du résultat concernant le test en référence.*

– « Sous » référence, corrige Fabienne.

– Pardon.

– Et « Votre Honneur », tu gardes ça pour l'Amérique.

– *Yes, mam*, se marre-t-il en rectifiant. C'est bon, je peux envoyer ?

Elle soutient son regard, trois secondes, avant de murmurer :

– Tu peux.

L'index de Lucien effleure la touche Enter.

– Allez, lance-t-il en ouvrant un tiroir au-dessous de l'imprimante, on va se prendre un Lagav' à la santé de papa.

Il dépose sur son bureau la bouteille et deux verres. Ça me fait plaisir qu'il soit resté fidèle à ma marque de whisky.

– Mais tu n'as pas peur que tous les deux se parlent directement au téléphone ? s'alarme à nouveau Fabienne. Qu'ils commentent le test, et qu'ils découvrent ton piratage ?

– C'est un dossier banal, maman, ils ont d'autres chats à fouetter. Le juge prend acte du résultat envoyé par le labo, il le transmet aux familles et elles agissent en conséquence, c'est tout. Vu le cas de figure, les seuls qui pourraient demander une contre-expertise, c'est nous.

– Autrement dit, tu ne risques rien à te déposséder.

– Ni à m'offrir une frangine. Papa serait content de nous.

– Tu crois ?

Leurs regards convergent vers le ciel où de gros nuages gris ont mis fin à l'éclaircie. Les premières gouttes de pluie s'écrasent sur la verrière. Lucien est en train de leur verser une deuxième rasade de Lagavulin lorsqu'un bip ramène leurs têtes vers l'écran : le juge des affaires familiales vient de transmettre sa clé d'encryptage. Mes deux faussaires de cœur se sourient en trinquant.

La fierté mutuelle, la connivence toute neuve qui les unit dilatent ma conscience jusqu'à la Fiat Panda que conduit Morgane dans la montée du Revard. Elle a contourné le centre-ville pour échapper aux manifestations et, le cœur serré, les yeux dans le vague, elle est arrêtée à un feu.

– Vert ! annonce brutalement sa grand-mère.

La petite redémarre. Jeanne-Marie, ulcérée d'être vue par tant d'anciens clients dans cette guimbarde étriquée, elle qui ne se déplaçait qu'en Mercedes Classe E, compose un numéro sur son portable. Engoncée dans la ceinture de sécurité qui boudine sa cape en cachemire, elle tonitrue dans le téléphone qu'elle brandit comme un porte-voix :

– Oui, cher ami, c'est madame Dumontcel. Je suis en attente du comparatif ADN avec qui vous savez, on me dit que ça prend minimum trois jours, soyez gentil d'appeler votre confrère du laboratoire pour accélérer les choses, merci.

Son médecin traitant répond qu'un délai légal est un délai légal, que ce n'est pas de son ressort et qu'il est en commission d'urbanisme.

– Quand je pense qu'il me suppliait à genoux pour ses commandes de millefeuilles ! persifle Jeanne-Marie en raccrochant. La mémoire de l'estomac, tu peux t'asseoir dessus. Et moi qui lui faisais quinze pour cent pour Noël !

– Trop bonne, trop conne, sourit Morgane avant d'enclencher ses essuie-glaces.

La Dumontcel se retourne vers elle d'un coup de fesse, interloquée par son impertinence.

– Qu'est-ce qui te prend de dire ça ?

Elle ne répond pas, occupée à désembuer le pare-brise. Elle a déjà changé de famille. Chez les Lormeau, on ne critique pas, on vanne.

– Sans mes réseaux du Lions Club et de la Société des Jeux, Édouard Meylan ne serait jamais devenu maire ! ressasse la Meringue. Un généraliste, tu penses ! À voile et à vapeur, en plus… J'ai eu la peau de ce renégat de Rumilloz qui nous avait laissé exproprier, mais je reconnais que, de son temps, la ville avait une autre allure !

– Allez, on se tient au courant, dit Morgane en s'arrêtant sur un emplacement livraison.

– Comment ça, tu ne montes pas ?

– Non, j'ai une AG à la fac, réplique-t-elle en lui détachant sa ceinture. Bonne fin de journée.

– *Bonne fin de journée ?* s'étrangle la laissée-pour-compte. Tu ne restes pas avec moi, dans un moment pareil ?

– J'peux pas.

– C'est ça, tu fais passer ton syndicat d'étudiants

avant ta grand-mère. C'est un comble ! Trois de mes enfants sont morts et le quatrième ne vaut guère mieux, tu es la seule famille qui me reste et…

– … et je n'ai pas envie de finir comme eux. Alors, dans ton intérêt, tu respectes ma vie, d'accord ?

Le menton au garde-à-vous, Jeanne-Marie la toise en plissant les yeux, puis grasseye avec l'amertume sucrée de ses orangettes d'antan :

– Parfait, je saurai à quoi m'en tenir. Comme disait Jésus : « Si toi aussi, tu m'abandonnes… »

– Non, ça c'est *Le train sifflera trois fois*, rectifie Morgane, à qui son père aura au moins transmis une culture de cinéphile.

La pâtissière claque la portière. Désappointé, je regarde la petite Fiat tourner au coin de l'avenue, redescendre vers le centre-ville. Je suis resté sur le trottoir, relié à la Meringue. Là, il faudra qu'on m'explique. Comment l'espoir fébrile avec lequel Morgane m'attire dans ses pensées peut-il être moins conducteur que les rancœurs de cette aigrie toxique ? Elle ne me hait même pas, c'est ma veuve qu'elle exècre. Totalement convaincue que j'ai engrossé sa fille, je ne suis pour elle qu'une pièce à conviction. Il faut croire que ça suffit.

Après dix secondes d'indignation figée sous la pluie au milieu des curistes qui remontent des Thermes, elle m'entraîne vers la porte vitrée coulissante qui lui dit : « Bonjour, bienvenue à la résidence services Excelsior. » Depuis sa liquidation judiciaire et la vente aux enchères de son immeuble de la rue du Casino, un enfant par étage et elle au-dessus, elle s'est exilée dans ce mouroir cinq étoiles pour seniors haut de gamme, avec salle de bridge, restaurant gastronomique et spa, où elle vit cloîtrée dans cinquante mètres carrés, le regard régnant sur les murs tapissés de posters immortalisant le décor baroque de la pâtisserie au temps de sa gloire. Rectifiant machinalement les alignements d'éclairs et le centrage des tartes sur les présentoirs ouvragés, elle salue par leur nom les clients photographiés sous les appliques dorées et les arcades en stuc, houspillant ses fils, humiliant sa fille et complimentant ses vendeuses. Quand les infirmières entrent pour sa piqûre, il lui arrive de lancer de sa voix condescendante, immergée dans son prestige immuable : « Et pour madame, ce sera ? » Les plus délurées lui répondent : « La fesse gauche. »

Tandis qu'elle s'élève dans l'ascenseur, tous ces

instantanés me parviennent pêle-mêle, comme s'il fallait que je m'intéresse à cette fin de vie hautement dérisoire qui ne me concerne en rien. Pourquoi devrais-je être ému par la détresse, la solitude expiatoire de ce rouleau à pâtisserie qui a laminé de son mépris tous les vivants à sa portée – hormis sa petite-fille qui, d'un cœur léger, est en train de se soustraire à son emprise ? Est-ce une pièce de puzzle nécessaire au nouvel assemblage de ma postérité, ou dois-je me préparer à voir, sous l'effet de sa rancune, les bienveillants mensonges de Fabienne et Lucien se retourner contre eux ?

À peine me suis-je formulé cette crainte que je me retrouve au centre nautique, dans le vestiaire femmes où Naïla se déshabille. De mon temps, c'était le mercredi, son jour de crawl. Mais là, cet après-midi, ce n'est pas de l'entraînement : la maîtresse de mes derniers mois est venue tenter de diluer dans ses longueurs de chlore l'image de mon cadavre. Comme elle était trop éloignée du cercueil pour voir l'insolente conservation de mon apparence, elle me visualise sous forme de pourriture grouillant de vers, ce qui laisse peu de place à la tendresse sensuelle où j'aimais tant me ressourcer. Son corps à elle s'est un peu épaissi, cela dit, ses joues creusées, sa poitrine amollie, mais la grâce de sa jeunesse demeure dans ses gestes. C'est fou comme le fait de renouer avec les vibrations terrestres recrée immédiatement des envies, des nostalgies, des frustrations…

La brutalité de ses pensées me recadre aussitôt. Elle ne va pas bien. Elle vit mon exhumation comme une attaque personnelle. Un viol de son monde intérieur, une atteinte à sa confiance, à la sécurité que je lui apporte depuis que je suis dans l'au-delà. Je comprends, à présent, sa colère du cimetière. Jusqu'à ce matin, j'étais pour elle une force tutélaire, un soutien sans faille, un garde du corps invisible qui la protégeait des fatwas et des coups de couteau dans son combat de chaque jour contre les islamistes. « Jacques, fais que je ne risque rien, que la fille de Yasmine arrête de fantasmer sur Daech, que l'imam salaf du bloc G se fasse égorger par un dealer… » Mais l'ange gardien immatériel qui chuchotait dans ses rêves des paroles apaisantes vient d'être relégué, soudain, au rang de viande avariée ne pouvant plus s'exprimer que par son ADN. Résultat : pour éviter de se fragiliser, elle s'interdit jusqu'à nouvel ordre de m'adresser des prières. Elle ne veut plus penser à moi. Qu'est-ce que je fais ici, alors ?

Fabienne vient de pousser la porte du vestiaire. D'accord. Ce n'est pas mon ancienne maîtresse qui m'a attiré à la piscine, c'est ma veuve qui m'y projette. Elles s'embrassent, restent enlacées sans un mot pendant quelques secondes. Depuis que mon décès leur a servi de terrain d'entente, elles nagent ensemble une fois par semaine.

– Je m'en veux, Fab. J'aurais pas dû venir au cimetière, mais ça me faisait tellement mal pour toi…

– Tu es gentille. Ça ira. Merci de ton soutien.

Je revois le moment bouleversant où Fabienne, mise au courant de notre liaison par des lettres anonymes, avait traversé la ville dans sa tenue de grand deuil pour défier les calomnieux en tenant sous le bras le portrait inachevé de Naïla qu'elle était allée lui remettre de ma part. Sa revanche de femme trompée, elle l'avait prise en créant un lien entre elles à ma mémoire, pour couper court à la pitié comme aux railleries. À qui d'autre pourrait-elle confier, aujourd'hui, le secret qu'elle partage avec notre fils ? Tandis qu'elle enfile son maillot, un frisson de joie bizarre la parcourt à l'idée de révéler à son ancienne rivale que, malgré ma paternité génétique qui sera officialisée d'un jour à l'autre, je leur suis resté fidèle.

Mais elle ne dit rien. Elles nagent une demi-heure dans le même couloir, l'une en crawl de compète, l'autre en brasse coulée, puis elles vont clapoter dans le jacuzzi en se racontant leurs vies. Naïla s'épuise toujours entre ses trois ados qui ne fichent rien, son mari intermittent du spectacle qui s'est reconverti en videur de boîte de nuit, ses amants d'un soir, ses régimes sans gluten et les cours d'islam libéral qu'elle dispense en pure perte.

– C'est permis d'exhumer, chez vous ? s'informe Fabienne en recentrant son soutien-gorge.

– Non et oui, comme d'habitude. La loi musulmane l'interdit, sauf si « la réouverture du tombeau est faite pour une raison plus importante que l'interdiction », article 311. On se débrouille, quoi. L'islam est une religion de liberté, à condition de lire tous les textes.

– Tu es toujours croyante, avec les horreurs que tu entends au boulot ?

– Je suis libre croyante, comme Jacques était libre penseur.

Je la comprends, mais je la plains. Quand, en 2012, un kamikaze de quinze ans s'est fait sauter devant l'école juive de la colline de Tresserve, elle a quitté son agence de voyages pour devenir bénévole au Centre de déradicalisation du boulevard

Lepic – la Daechetterie, comme disent les Aixois. Depuis, l'une des missions qui m'incombent dans l'au-delà est le traitement des rejets toxiques, notamment ces djihadistes qui se massacrent en public dans l'espoir d'être accueillis au paradis par soixante-douze vierges. À la place, il y a moi. Je leur explique, je les aide à assumer leurs remords, leur colère de s'être fait avoir au service de rien – juste la folie destructrice des hommes. C'est du moins le rôle dans lequel m'imagine ma maîtresse d'antan, lorsqu'elle me reconstitue en rêve avec ma blouse de quincaillier pleine de taches d'aquarelle.

– Et toi, Fab ? Tu penses qu'il nous voit, en ce moment ?

– J'espère. Il aurait tort de manquer ça.

– T'es conne. C'est sa fille, tu crois, ou pas ?

– Je le sens, oui.

– Comment tu vas assumer ?

– Une chose à la fois, Naïla. Je pense à moi, là, pour l'instant.

Elle lui fait part de sa décision de midi et demi : elle vient de renoncer à refaire sa vie avec le directeur marketing de Savoie-Yaourt, qui la demande en mariage depuis trois ans après chaque dîner du Rotary. Pourtant, elle n'a plus envie de renouer avec Guillaume, contrairement à ce qu'elle croyait jusqu'à ce matin. Et ce, malgré les avances inespérées qu'il lui a faites au cimetière.

– Comment tu l'expliques ?

– Il a pris un coup de vieux, diagnostique Naïla.

– Nous aussi, ma grande.

– Toi non. Tu bouges pas.

– C'est le mot. Tu sais, Naïla, je crois que je n'ai plus envie de refaire du neuf avec un homme – du vieux non plus, d'ailleurs.

Sa copine s'étire dans les jets croisés qui la ballottent mollement.

– Tu m'étonnes. Moi, plus je trompe Rafael, moins ça m'excite. Mais faut bien que je fasse comme lui, si je veux sauver notre couple.

– On n'est pas si mal toute seule, tu sais.

– Je me doute. Mais si je le quitte, il me laisse les gosses.

Elles soupirent de concert au milieu des bulles mousseuses, le regard perdu dans le plafond de conduites apparentes qui leur tient lieu d'horizon. Les jets s'arrêtent.

– Et sinon, il était comment ?

– Comment quoi ? dit Fabienne.

– Jacques. Son corps. Pardon de te demander.

– Intact.

Après un instant de silence, Naïla répond merci. Trois autres Aixoises descendent tremper à côté d'elles, parlant de la pluie et des Gilets jaunes. Fabienne réenclenche la minuterie du jacuzzi. À mesure que les bulles détendent leurs muscles et leurs pensées, je sens mon attention décroître. Leur présent, peu à peu, se dissout dans les bribes d'un futur déclenché par mon fils. Tout ira bien, j'en suis sûr, pour ma famille recomposée. Tout pourra se passer de moi. Je me sens repartir, me diluer dans une paix instable issue des remous du jacuzzi ; un calme effervescent qui me désagrège en me libérant de ces attaches caduques... Adieu, la Terre.

Mais je me retrouve dans le TGV de 15 h 12. Guillaume prend des notes sur son carnet, fébrile, absorbé. Le contrôleur lui demande pour la troisième fois son billet. Et lui, sous son casque antibruit, continue de dire « je » à travers moi, me faisant commenter avec consternation l'ouverture de mon cercueil, la cupidité de la plaignante qui se figure être ma fille, les tourments de ma femme retombée amoureuse de lui au premier regard – il a tout faux, le pauvre... Ce n'est pas grave, il invente ce qu'il veut, ça ne me concerne plus.

Je ne comprends pas ma présence dans les vibrations de son stylo-bille qui s'emballe, rature, réécrit, fait des flèches et des renvois dans les marges en tous sens. Je ne comprends pas cet ascendant qui me ramène au premier stade de ma mort, lorsque son imagination me capturait avec la même force que les griefs de Fabienne, les incantations bouddhistes de Mlle Toussaint, les rancœurs de la Dumontcel ou les fantasmes incoercibles de ma comptable Odile, qui me substituait à son mari Jean-Mi quand il la besognait, me condamnant à contempler leurs ébats du plafond. Ce zapping épuisant, je l'ai enduré un mois et demi, avant de découvrir le mode d'emploi de l'au-delà, cette merveilleuse autonomie fondée sur la nécessité de se réconcilier avec soi-même et les autres pour se débarrasser des scories de l'ego... Alors, à quoi rime ce retour en arrière sous la plume de Guillaume qui ne fait que retarder, entraver mon second départ ? J'ai déjà donné ! J'ai déjà servi ! Fini le temps où j'avais besoin d'un porte-pensée, d'un intermédiaire pour m'adresser aux miens... J'ai été à la fois son personnage et sa muse, je lui ai inspiré la matière d'un succès qu'il n'a pas été capable de renouveler tout seul – tant pis ! Je refuse que ce quadra désenchanté fasse du réchauffé en détournant à son profit les énergies que je dois consacrer à des enjeux spirituels autrement plus urgents, il me semble, que sa carrière d'auteur en panne. Je suis revenu en escale sur Terre pour un seul motif : comprendre, valider, servir les raisons, les conséquences et le but de mon exhumation. Ma feuille de route ne consistait qu'à sauver le destin d'une jeune fille – mission accomplie, non ?

– Titre de transport, merci, répète l'agent de la SNCF en écartant le casque de l'oreille droite.

Sans arrêter d'écrire, le contrôlé prend de la main gauche son billet dans sa veste, le tend et le rempoche une fois scanné.

– Bon voyage, monsieur.

Tu parles. Il est en train de me renfermer dans mon cercueil à coups de descriptions médicolégales, de formules au formol, d'adjectifs mortifères… Comment sortir de ses phrases ? Je veux bien rester relié, le temps nécessaire, aux émotions de ma famille et à la gratitude de ma fausse bâtarde, mais il est hors de question que les divagations de cet opportuniste aux abois me parasitent, me bloquent, déteignent… Il n'a plus besoin de moi, enfin ! La part de Jacques Lormeau qu'il a réinventée, faite sienne depuis vingt-cinq ans, suffira largement à alimenter son inspiration, maintenant qu'il a un sujet, maintenant que son processus de création s'est réactivé sur mon dos. Qu'il se débrouille ! L'usage qu'il fait de moi ne regarde que lui.

– Putain, on tient un sacré truc ! lance-t-il en relevant la tête, les yeux brillants. Merci, mon Jacques ! *Une âme légère.* Le titre colle super bien, non ?

Le fait que la question s'adresse au siège d'en face, à un mètre de mon point de vision, ne me rassure en rien. Je me sens de plus en plus dense sous son stylo. Tout effort de résistance est inutile. Tant qu'il me fait parler, tant qu'il s'identifie à moi, il vampirise mon âme. Je suis pris au piège.

Son premier jet a duré jusqu'à l'aube. Chassé du train en gare par les agents de nettoyage, il a continué ses notes dans le taxi. Il a séché son cocktail littéraire, englouti un sachet de chips, et il s'est remis au travail sur sa table de cuisine. Alternant feuilles raturées et clavier de PC, il a pondu quatre chapitres, un plan, un pitch, puis il a envoyé un texto :

Ça y est, je suis en pleine écriture !

Le destinataire s'appelle Bernard Guillerminet. La seule personne, apparemment, à attendre de lui une nouvelle œuvre. C'était le gagnant d'une tombola du Téléthon, organisée dans leur ville natale trois ans plus tôt. Son gros lot s'intitulait :

« Guillaume Peyrolles fera de vous un personnage de son prochain roman. » Le généreux donateur s'était imaginé que le tirage au sort lui enverrait une groupie craquante ; il était tombé sur un physicien de soixante-douze ans qui lui avait confié, vibrant d'espoir, ses articles sur une nouvelle conception du temps dont les revues scientifiques ne voulaient plus, depuis qu'il était à la retraite.

La réponse au texto est arrivée trente secondes plus tard :

Merci, monsieur, mais ne vous sentez pas obligé.

Ému par la réaction délicate du savant privé comme lui de publication, il lui a trouvé aussitôt une place dans mon histoire : Lucien serait avec lui, en train de sauver ses découvertes fondamentales victimes d'un virus informatique, au moment où tomberait l'annonce de mon exhumation. Grisé d'orgueil à l'idée d'honorer enfin son engagement du Téléthon, Guillaume a vidé trois canettes et s'est endormi comme une masse.

J'espérais pouvoir m'éclipser en douce, mais il a continué à me scénariser dans ses rêves. Est-ce le fait qu'il s'efforce d'épouser ma vision, de se fondre dans ma nature immatérielle ? mon après-vie est devenue son brouillon. Il m'entraîne dans les méandres, les tâtonnements, les obsessions qu'il me prête. Les seuls moments où je lui échappe, c'est quand un autre vivant réussit, par une pensée suffisamment puissante ou un événement qui m'implique, à me soustraire à sa force d'attraction.

Morgane, d'abord. Chaque fois qu'elle se plonge dans les vieilles photos qu'elle s'est procurées au club de voile du Petit-Port, afin de remplacer par ma jeunesse musclée et mes postures de régate la raideur cadavérique qui était, jusqu'alors, sa seule image de moi. Le « Papa ! » qu'elle adresse à mi-voix aux clichés Kodak, dans un mélange poignant d'espérance et de regret, me tient captif jusqu'à ce qu'elle reprenne le fil de ses travaux de biologie – jargon universitaire d'où la concentration de Guillaume m'extrait sans peine pour me réinsérer dans les sentiments et les péripéties qu'il me fait raconter à la première personne.

Et puis Lucien. Deux jours sont passés, d'après ce que je lis sur son écran. Il vient d'intercepter l'expertise ADN destinée au juge des affaires familiales. Le résultat négatif ne l'étonne pas. Sur le site

Europaternité, il télécharge un comparatif anonyme d'empreintes génétiques établissant une filiation. À partir de ce modèle, il crée entre Morgane et moi une correspondance de marqueurs supérieure à 99 %, qu'il s'apprête à transmettre au juge de la part du labo.

Tandis qu'il vérifie la vraisemblance du faux document, son cœur s'accélère à la pensée qu'il est en train d'accorder à la jeune fille, au-delà d'une nouvelle origine, un permis de vivre. Une existence libérée de l'image paternelle ignoble qui n'aurait pas manqué de contaminer sa personnalité, son avenir, le regard des autres et son rapport aux hommes. Jubilant de fierté, il envoie le mail.

*

J'ai passé la nuit suivante à revivre ma mort sous les doigts déformants de mon romancier, depuis ma rupture d'anévrisme à 7 heures du matin aux côtés de Naïla jusqu'à l'ouverture de mon cercueil où, pour les besoins de son intrigue, il me fait retomber amoureux d'elle à cause de l'émotion qu'elle éprouve. Entre le décès et l'exhumation, il a laissé un grand blanc pour raconter ce qui m'est arrivé dans l'invisible et dont, pour l'instant, il n'a qu'une idée vague.

Concentré sur sa moquette dans une posture de yoga, aux premières lueurs de l'aube, il attend l'inspiration en me pressant de questions sur Dieu, le paradis, l'enfer, les univers parallèles, la métempsycose… Autant demander à un poisson qui se tortille au bout de l'hameçon de raconter le vertige des profondeurs. Mais bon, j'ai quelques heures devant moi avant que ma paternité adultérine ne soit promulguée, alors essayons de répondre à ses sollicitations, tant que j'ai l'esprit libre et relativement dispos. Je me dis qu'en fin de compte, il faut y voir le but de ma rétention intermittente dans un cerveau d'écrivain. Sans doute mon témoignage sous sa plume permettra-t-il, un tant soit peu, d'alléger les vivants de cette peur de la mort qui leur gâche la vie. En même temps, cette concentration mutuelle est peut-être le meilleur moyen de revisiter mes souvenirs de l'au-delà brouillés par l'attraction terrestre…

Ça y est, tu quittes ta posture de yoga pour te jeter sur ton bloc de papier. Ton stylo s'emballe. Première image qui se présente : le Ciel est une construction à plusieurs niveaux. Au rez-de-chaussée, tu as le vestiaire. C'est là que tu revois ta vie passée – de ton point de vue, d'abord, puis sous l'angle des êtres que tu as aimés, blessés, cassés. Il n'y a pas de jugement extérieur, juste une prise de conscience de ce qu'il te faudra réparer.

Ensuite, tu peux commencer l'ascension. Au premier étage t'attend une location vide, que tu meubles avec tout ce qui comptait pour toi sur Terre, ce qui te rendait accro, les personnes et les lieux chers à ton cœur… Oui, vas-y, donne des exemples. Les religieux se cloîtrent dans un lieu de prière, les alcooliques reconstituent leur bar préféré, les obsédés sexuels édifient le bordel idéal, les amoureux transis ou inséparables se construisent un bonheur éternel où ils tournent en rond dans une cellule pour deux… Voilà. Ceux qui n'ont rien eu de leur vivant se projettent dans leurs rêves inaccomplis, et les artistes du dimanche comme moi réaménagent leur atelier de création.

Bref, tu séjournes autant qu'il faut dans l'illusion de l'univers qui te convenait, qui te manquait ou qui se refusait à toi. J'ai ainsi passé, pour ma part, une vingtaine d'années parfaitement stériles dans le confort douillet que j'avais recherché ici-bas. Ne rature pas, ce n'est pas un contresens. Le temps n'existe plus pour nous, certes, mais notre horloge interne continue de fonctionner tant que nous restons liés au plan de la matière. C'est un stade où nous ne progressons guère, où la réalisation immédiate de tous les désirs finit par engendrer une certaine monotonie, une insatisfaction chronique dans laquelle d'aucuns choisissent, par habitude, de stagner pour l'éternité. Libre à eux. C'est en tout cas un piège où moi-même, confondant la chrysalide et le cocooning, je serais encore en train de végéter, si Mlle Toussaint – bien vu, tu te souviens d'un coup de la vieille bouddhiste qui voulait me réincarner quand tu as fait ma connaissance – n'était venue me rejoindre pour déclencher la métamorphose qui me permettrait de grimper d'un degré.

Dieu ? Oh non, je n'en suis pas encore là. C'est le dernier étage. Le toit-terrasse. Privatif, inoccupé ou en colocation – comme tu le sens. Tout ce que je sais, c'est qu'il n'y a pas d'ascenseur direct.

Revenons au deuxième. Nous pouvons y accéder lorsque, délivrés des nostalgies terrestres, nous acceptons la perte de l'ego, la rupture avec le monde physique. Nous n'avons plus de besoins, mais nos désirs, libérés de la nécessité machinale d'être assouvis, s'exacerbent. Ils sont devenus des outils de connaissance, des moyens d'enseignement, des vecteurs d'entraide. C'est à ce stade que nous pouvons, soit monter au niveau supérieur pour constituer une « âme de groupe », soit redescendre nous incarner sous une autre forme, afin de progresser encore sur le plan individuel. J'en étais à ce choix délicat, lorsque ma copine d'école m'a légué à sa fille comme père de substitution.

Cela dit, en toute sincérité, quand tu rédiges avec des mots qui ressemblent aux miens le présent chapitre, je n'arrive plus à savoir s'il relève de l'écriture automatique ou si c'est ton imagination qui a pris le contrôle de ma pensée. Lequel de nous deux s'exprime à travers l'autre ? La mémoire posthume que j'ai cru retrouver, au fil de tes phrases, n'est-elle qu'un décor où tu me projettes ? Es-tu sous mon emprise, ou ne suis-je plus que ton personnage ?

Tout s'emmêle, se dilue... Heureusement, Morgane vient de recevoir le résultat de l'analyse génétique. Aussitôt arraché à ta concentration, je me retrouve aspiré dans la tourmente de bonheur qui déferle en elle.

Document à la main, elle déboule en larmes à la quincaillerie, fonce sur Fabienne qui recevait le représentant des outils Wolf, l'enlace en lui demandant pardon. Sa nouvelle belle-mère la réconforte, finit de signer son bon de commande et l'emmène dans son bureau où elle lui sert un café.

– Ça ne changera rien pour vous, lui assure Morgane en triturant son Kleenex. Je veux dire : je ne réclame aucun droit sur l'héritage, aucune part dans votre affaire. Sans sucre, merci. Simplement, je voudrais porter votre nom.

– Il est à toi, répond Fabienne en lui passant doucement la main dans les cheveux. C'est ce que Jacques aurait souhaité.

Je ne peux que souscrire, même si ma volonté n'y est pas pour grand-chose. Sans se dérober au frottement capillaire qu'elle ne supporte pas d'ordinaire, Morgane replie dans sa poche de jean le tableau comparatif falsifié par Lucien. C'est fou comme elle a embelli, en une demi-heure. Comme elle s'est éclairée, redressée, pour se montrer à la hauteur... Honorer cette hérédité de secours qui vient de remplacer les gènes du monstre.

Elle immobilise soudain la main de Fabienne dans ses cheveux en brosse.

– Je suis obligée de prévenir ma grand-mère, s'excuse-t-elle.

Avec un haussement de sourcil éloquent, Fabienne l'absout par avance en lui disant que c'est la moindre des choses.

– Je gère, la rassure Morgane.

– J'imagine qu'elle est à ta charge, depuis la mise en examen de son gendre. Bien sûr, nous sommes là pour t'aider, question loyer ou autre.

Morgane renifle, les yeux à nouveau emplis de larmes.

– Mais il ne faudra pas lui dire, sourit Fabienne qui préfère la connivence à la gratitude, ça la tuerait. Promis ?

La porte s'ouvre à la volée sur Alphonse. Prévenu par un commis de l'irruption brutale de la jeune fille, il propulse dans le bureau son déambulateur et s'arrête net, allonge le bras pour toquer sur le battant.

– Entrez, soupire Fabienne. Je n'ai pas besoin de vous présenter Morgane Lormeau.

Le vieux les contemple avec une excitation incertaine, voit dans l'attitude de sa patronne des lendemains qui chantent et, défaillant de joie, mord ses lèvres pour ne pas lui sauter au cou, soucieux de rester à sa place. Dans sa blouse grise immémoriale, il remplace Odile, cette semaine. Depuis que Jean-Mi l'a quittée pour une militante de Greenpeace, la chef comptable s'applique à singer les veuves au long cours dans l'ombre de Fabienne, mais, chaque fois que son ex refait escale en Savoie, elle se met en arrêt dépression.

– Tu commences quand ? attaque Alphonse en tendant à la nouvelle héritière une main franche et massive. Je te prends d'abord à la visserie, c'est le b.a.-ba, et puis la découpe, les peintures et la robinetterie, ensuite le jardinage et l'électroménager. Pour ce qui est des commandes, tu verras avec Odile à son retour. Moi, leurs ordinateurs, je me contente d'y coller des Post-it quand un fournisseur appelle.

– Morgane est étudiante en biologie, lui glisse doucement Fabienne.

– Ah ben alors, se ravise le vieux, elle commencera direct au jardinage.

Renonçant à le raisonner, Fabienne l'invite à appeler la police pour que la fourrière enlève le 4×4 en stationnement devant le portail des livraisons.

– J'aurais seulement trente ans de moins, lui rappelle-t-il, je te dégageais ça d'un coup de pelleteuse. Tu verras, je t'y apprendrai, glisse-t-il avec un clin d'œil à sa nouvelle apprentie.

Morgane s'en réjouit d'un hochement de tête. Il fait pivoter son déambulateur dans le couloir et ressort en refermant la porte avec une discrétion appuyée.

– Je lui préciserai ton statut, la rassure Fabienne.

– Il est incroyable. C'est un vrai grand-père de conte de fées…

– Oui et non, modère son employeuse. Il a tué une dizaine d'Allemands à mains nues pendant la guerre, et le mois dernier il m'a jeté sur le trottoir un contrôleur de l'Urssaf. J'ai eu beau le mettre en retraite forcée, je n'arriverai jamais à m'en décoller. J'appelle Lucien, enchaîne-t-elle en sortant son portable. Dînons tous les trois, ce soir, si tu es libre.

– Avec bonheur, Fabienne.

– Vingt heures au restaurant du casino.

– Vous… ne préférez pas un endroit un peu plus discret ?

– Au contraire. Ce sera le meilleur des faire-part.

Morgane soutient son regard, la presse contre elle. Fabienne, pour endiguer l'émotion qu'elle n'éprouve que par osmose, la repousse avec douceur en prétextant la livraison des poêles Godin.

*

Flashée trois fois à l'aller par les radars du centre-ville pour excès de vitesse, Morgane se fait à présent klaxonner tout au long de l'avenue des Thermes, tellement elle lambine. C'est le trac. Le poids des chaînes familiales qu'il faut achever de briser. Le pédophile qui l'a élevée n'est plus un problème : elle l'a évacué de ses pensées comme on tire une chasse d'eau. Mais le plus lourd reste à faire. Privée des embouteillages qui lui auraient permis de se préparer au face-à-face qu'elle redoute, elle grimpe à 30 à l'heure la montée du Revard jusqu'à la résidence services Excelsior.

Un senior endimanché lui tient galamment la

porte de l'ascenseur ; elle décline. Après quatre étages gravis au ralenti, elle trouve sa grand-mère devant le miroir de la salle de bains, vêtue en rouge de pied en cap, terminant l'ajustement de son chapeau reine d'Angleterre.

– Le juge Tanquerel ne jurait que par mes éclairs à l'orange, attaque-t-elle à brûle-pourpoint. Il a tenu à ce que je sois la première informée.

– Ah d'accord. Je viens tout juste de recevoir le résultat, s'adapte Morgane, diplomate.

– Mademoiselle Dumontcel-Lormeau, bravo ! clame Sa Majesté pâtissière en tournant les talons vers elle, comme si elle la félicitait pour sa réussite à un examen. Je suis fière de toi. Allons-y !

– Où ça, grand-mère ?

– À l'Espace tondeuses, comme ils ont osé me rebaptiser ! barrit-elle en fonçant vers la fenêtre. J'ai demandé au notaire : tu auras cinquante pour cent de la quincaillerie, tu peux les obliger à vendre – dans l'immédiat, tu te fais restituer mes murs en nue-propriété, nous virons les tondeuses et nous reconstruisons à l'identique la maison Dumontcel, en mémoire de ta maman. J'ai convoqué l'architecte, le voilà. Nous y allons avec sa voiture.

L'estomac retourné, Morgane la rejoint contre la

baie vitrée. Elle regarde la longue Jaguar grise qui est venue se garer derrière sa Fiat Panda. Lentement, elle fait pivoter vers elle le vieux dragon rouge.

– Grand-mère, je ne ferai valoir aucun droit.

– Quoi ?

Le croassement de corbeau a déformé les traits victoriens dans un rictus d'indignation.

– Tu te moques de moi ? Ta pauvre mère, paix à son âme, se fait engrosser par ce minable droguiste, et tu resterais les bras croisés à t'excuser d'être née ?

Étonnée par la fermeté calme qui a succédé à sa peur de l'affrontement, Morgane réplique d'une voix atone :

– Ce « minable droguiste », comme tu dis, vient de me libérer de l'ignoble ordure que tu as fait épouser à maman, alors je remercie Fabienne et Lucien de m'accueillir avec autant de gentillesse, sans se soucier du scandale ni de la menace que tu représentes, et je ne ferai rien qui pourrait leur nuire. C'est clair ? Décommande l'architecte.

– Tu n'y penses pas ! Tout Aix attend que je prenne ma revanche sur ces péquenots !

– Tout Aix a autre chose à foutre, mamy. Je suis

la seule à venir te rendre visite, alors ne me gonfle pas avec tes aigreurs et tes petites magouilles revanchardes. Si tu avais mieux géré ton commerce au lieu de bousiller tes enfants, tu n'aurais pas fait faillite après avoir vendu ta fille pour un titre de noblesse, et elle serait encore vivante.

– Sors de chez moi !

– Chez toi, oui. Je te rappelle que c'est ton gendre qui payait ton loyer, et que tous ses comptes sont saisis par la justice. Pas question que j'aille servir des McDo sur mon temps d'études pour que tu restes dans tes meubles, alors tu remercieras Fabienne qui accepte de te prendre en charge.

Elle colle un baiser sur la joue poudrée comme si elle plaquait un avis d'huissier sur une porte, et s'en va sans un regard pour l'effet dévastateur de sa dernière phrase.

Une fois encore, je reste sur place. Incapable, malgré tous mes efforts d'abstraction, de me détacher des pensées de la Meringue pour me reconnecter à Morgane. Comment la haine recuite de cette rombière obsolète peut-elle être plus prenante que l'amour filial tout neuf de la jeune femme qui ne cesse de me parler dans sa tête ? Jeanne-Marie jette son chapeau sur le sol et, le souffle court, tourne en rond comme une vieille lionne enfermée dans une cage de cirque.

– Je te maudis, toi et cette famille de voleurs qui ne te donnera rien, rien ! hurle-t-elle soudain en frappant les photos murales où s'étalent les présentoirs rococo de son ancien royaume.

Elle recule, soudain frappée de stupeur comme si elle avait vu mon fantôme, et, regard fixe et lèvres molles, s'abat dans le fauteuil orthopédique dont elle a fait son trône d'exil. Alertée par les cris, une auxiliaire de vie déboule dans la chambre, constate l'accident vasculaire. Noyé, comprimé, essoré comme par le tambour d'une machine à laver, je tourne à plein régime dans le magma de fureur qui envahit le cerveau sinistré…

Le Samu est arrivé à temps. Les examens effectués à l'hôpital confirment le diagnostic, l'AVC ne laissera quasiment pas de séquelles. Signe encourageant : la patiente, qui a retrouvé très vite l'usage de la parole, a exigé qu'on fasse venir son coiffeur. Libéré de sa mainmise par les médicaments qui ramollissent sa haine, je me dis que je vais pouvoir retourner en famille, mais je me retrouve à la maison d'arrêt de Chambéry.

Aussitôt investi par une cohorte d'informations nouvelles, je flotte dans un parloir jaune et vert. Lunettes scotchées, allure digne et guindée malgré les traces des coups flanqués par ses codétenus, Yves d'Arven est assis, bras croisés, devant une table d'écolier. Son avocat, un grand nom du barreau de Grenoble qu'il rétame au bridge tous les quinze jours, lui annonce avec un tact relatif qu'en plus de sa femme, il vient de perdre sa fille – mais d'une autre manière, qui peut être exploitée comme circonstance atténuante.

– Tu diras que tu étais au courant. Prendre sur soi la trahison d'une épouse, en assumant secrètement une enfant adultérine, est de nature à provoquer des obsessions compensatoires. J'ai des experts qui le certifieront, et une jurisprudence de la cour d'assises de Caen.

Le détenu écoute, incrédule, atterré. Un long moment, il reste la bouche ouverte. Puis il balaie d'un revers la table, envoyant valdinguer son dossier. Il se lève, il éructe. Ce n'est pas le fait d'avoir endossé à son insu la fille d'un autre qui le révulse, mais de s'être empêché de la violer par éthique parentale.

– Tu n'es pas sérieux ? s'alarme le défenseur.

– Ça va, hein ! Si tu comptes plaider le repentir, je te vire.

– Yves, écoute ! Pour l'instant, l'accusation repose uniquement sur les carnets intimes que t'a volés ta femme de ménage : on va plaider la divagation littéraire, le pur fantasme, l'éros fictionnel…

– La licence poétique, oui, c'est ça. Et la plainte des filles qui se sont reconnues dans mes carnets ?

– On va les accuser de mythomanie, de vénalité, de recherche de célébrité sur les réseaux sociaux…

– Les trois grains de beauté sous mon gland, ce n'est pas de la mythomanie, tu peux vérifier !

– C'est médicalement contestable, réplique l'avocat en ramassant le dossier. Manon Sonnaz dit qu'elle était sous anesthésie générale au moment des faits, et en même temps elle décrit ta verge. Elle a très bien pu obtenir le renseignement *a posteriori* par ton épouse : j'ai la preuve qu'entre 2015 et 2018, elles suivaient le même cours de yoga rue de Genève.

– Arrête, Benoît ! le raisonne l'anesthésiste. Elles vont toutes se reconnaître : j'ai mis les vraies initiales, les dates et les détails. Même celles qui refuseront de se souvenir, les flics sauront les faire parler. Et c'est ce que je veux !

– Tais-toi, Yves ! couine le ténor du barreau qui désigne les murs avec un plissement de paupières.

Son client se cabre et le défie en haussant le ton :

– Pourquoi j'aurais honte ? Oui, je suis pervers, sadique, voyeur, pédophile, et j'en suis très heureux ! C'est ça, mon système de défense ! Je suis coupable et je m'en félicite : je suis un rempart vivant contre le politiquement correct, le puritanisme hypocrite et l'infantilisation féministe qui asphyxient notre société ! Pas question de plaider les remords, la démence passagère, les circonstances atténuantes… Je sais ce qui m'attend et ça ne changera rien. Mon procès ne servira qu'à une chose, Benoît : libérer la parole ! Aider les hommes comme moi à assumer leur différence, leurs pulsions, leur droit d'aller au bout de leurs fantasmes, en se foutant des conséquences. Ça fait tellement de bien… Tu ne peux pas t'en rendre compte, toi, petit bridgeur bien rangé, petite bite formatée qui se drape dans la bonne conscience du caoutchouc dès qu'elle baise un nouveau cul…

– Yves, je ne te permets pas !

– Tu me fais la morale ? Mais quel crédit as-tu, connard ? Tu t'es tiré du jour au lendemain avec une Black, tu as laissé Viviane élever vos deux gniards sans même envoyer une carte à Noël, et tu me donnes des leçons ? Moi j'ai tout assumé, tout ! Une belle-mère hystérique, une femme obèse, une fille que j'ai à peine osé caresser une fois dans son bain, et ça m'a foutu un ulcère – là, oui, ça, je l'ai en travers de la gorge !

Il retombe assis, les coudes sur la table, la tête entre ses mains, parlant de plus en plus vite :

– C'est à cause de Morgane que je me suis enquillé toutes ces pisseuses en salle de réveil… Comme dérivatif, comme exutoire. Tu comprends ? Pour la protéger contre moi, pour ne pas tomber dans l'inceste… Mais quel con ! Et la faute à qui ? À sa putain de mère !

– C'est bien l'axe de défense que je te proposais…

– La ferme ! J'étais obsédé par la petite femme qu'elle devenait, mais la chair de ma chair, c'était sacré ! Si j'avais su qu'elle n'était pas de moi, ça aurait tout changé, tout… Je l'aurais baisée à douze ans en l'obligeant à garder notre secret, je lui serais resté fidèle et y aurait pas eu de problèmes, ça n'aurait jamais franchi les portes de l'hôpital, je n'aurais jamais trahi mon serment d'Hippocrate ! Salope de fille de pute ! Elle croit s'être débarrassée de moi ? Jamais elle n'arrêtera de payer ce qu'elle m'a fait endurer ! Je la rendrai coupable de tout, tu entends ? Chacune de mes déclarations au tribunal la marquera au fer rouge !

Et ainsi de suite. Les récriminations se délitent dans un brouillard qui étouffe le son. Je suppose que j'en ai assez entendu. Était-il nécessaire que j'absorbe ces horreurs pour les détourner de leur cible ? Je me sens comme légitimé par ces aveux en forme de menaces, ce délire toxique et structuré. Peut-être mon rôle auprès de Morgane est-il celui d'un fusible, d'un coupe-circuit destiné à éviter que ce genre de surtension ne l'atteigne… Faudra-t-il que je demeure à ses côtés pour lui servir d'ange gardien ?

*

À 20 heures pile, quand elle franchit les voûtes Art déco du Palais de Savoie, Lucien est déjà attablé. Il se lève, serre dans ses bras la sœur qu'il s'est créée. Quand ils se détachent, la gêne prend le relais de l'élan.

– Ça va mieux, ta grand-mère ? Jean-Mi m'a dit.

– Oui, j'en viens, merci. Elle a eu de la chance.

– Il n'y aura pas de séquelles ?

– D'après les examens, non. Mais bon… Je l'ai trouvée bizarre. Curieusement gentille.

– C'est les médocs, la rassure-t-il en l'aidant à ôter sa doudoune.

Elle plonge dans ses yeux avec un mélange d'espoir et d'anxiété.

– On se connaît à peine, Lucien, mais… Il m'a fait beaucoup de bien, ton regard, au cimetière. J'aurais parfaitement compris que tu sois hostile.

Il ne répond pas, la doudoune à la main. Essayant d'éviter de rougir, elle se lance :

– Fabienne a été super avec moi, tout à l'heure. Mais toi… tu le prends comment ?

Il marque son hésitation en haussant les sourcils, le front en avant.

– Tu veux que je sois poli ou direct ?

– Sincère.

– Je trouve que tu arrives un peu tard. Pendant des années, pour Noël, j'ai demandé à ma mère une petite sœur.

J'aime bien ce mensonge. Je le sens assez troublé par le changement radical de Morgane, cette beauté brute qui a remplacé le flou des complexes. Droite dans ses bottes souples, ses cheveux de hérisson plaqués au gel, une robe moulante et des lentilles à la place des lunettes, elle semble passer davantage un entretien d'embauche qu'un examen d'entrée dans la famille. Elle mord sa lèvre inférieure, hoche la tête et murmure :

– Je vais me rattraper, Lucien. Moi aussi, un frère, j'en rêvais.

– Eh ben voilà.

Sans la quitter du regard, il tend la doudoune bas de gamme à un serveur qui l'escamote du bout des doigts. Elle détourne les yeux vers les voûtes byzantines du casino.

– Merci de m'accepter comme ça, en tout cas. Je sens que maman est… tellement heureuse…

De ce côté-là, j'ai un gros doute. La conscience de Marie-Pa ne s'est plus manifestée en image depuis l'aura d'allégresse entrevue au cimetière, mais elle me transmet des signaux d'alerte, comme si la générosité des miens risquait de se retourner contre sa fille.

– Bienvenue chez toi ! conclut Lucien d'un ton solennel, à portée d'oreille du maire, du président Rumilloz, du directeur marketing de Savoie-Yaourt et de la douzaine de mauvaises langues en alerte qui, pour des raisons diverses liées à la réservation au nom de Fabienne, dînent en bordure des tables de black jack.

Morgane paraît soudain découvrir le public qui la scrute. Elle s'assied prestement, les joues en feu. Inquisiteurs ou bonasses, les regards alentour redescendent dans les assiettes. À la droite du maire, la correspondante locale du *Dauphiné libéré* prend une note sur son calepin. Fabienne n'a pas choisi ce lieu au hasard. La particularité du casino Grand Cercle du Palais de Savoie est d'appartenir aux vieilles familles aixoises, sous la forme d'une société anonyme où se mesurent les notables. C'est une sorte de conseil municipal *bis*, épuré des non-actionnaires de gauche comme de droite. Les élus y redeviennent des seigneurs qui se partagent un gâteau sur lequel aucun électeur n'a droit de regard – ni la justice, d'ailleurs, puisque la société, fondée en 1824 avant que la Savoie ne soit rattachée à la France, relève du droit sarde. Tout cela confère au restaurant gastronomique entouré de roulettes et de machines à sous feutrées une atmosphère de cour princière, petit Monte-Carlo du Rhône-Alpes où la faveur et l'influence de chacun se jaugent à l'empressement que témoignent les maîtres d'hôtel.

À la table centrale, André Rumilloz crispe les doigts sur son verre de bourgogne. Le « Bienvenue chez toi » de mon fils le contrarie à double titre. Présidant le conseil d'administration des Jeux, il est en guerre ouverte contre Fabienne. Depuis qu'elle lui a soufflé, dans la vente aux enchères organisée par le liquidateur judiciaire, une partie des actions Dumontcel pour compléter son portefeuille Lormeau, elle est à deux doigts d'une minorité de blocage susceptible de lui tenir tête dans la gestion du casino. Le fait que la petite-fille de Jeanne-Marie soit accueillie avec autant de naturel au sein de la famille ennemie risque d'inverser la logique des votes. Jusqu'alors, Rumilloz pouvait compter sur un noyau dur resté fidèle aux Dumontcel qui avaient régné sur les Jeux durant un siècle et demi, mais, si leur héritière passe dans le camp adverse, l'équilibre des alliances qu'il a instauré s'en trouvera fatalement chamboulé. Les trente millions de recette annuelle assurent au président des appointements royaux, et il n'est pas près d'y renoncer.

Alerté par une tension soudaine sur le visage affaissé de son épouse, il se tourne vers sa bête noire qui traverse la salle en ligne droite dans son tailleur sexy d'entrepreneuse. Indifférente aux regards, Fabienne a mis le cap sur Morgane, qui se lève pour l'embrasser avec une ferveur manifeste. Le seul à se réjouir du spectacle est le Dr Meylan. Aux dernières élections, il a soufflé la mairie à Rumilloz, mais, sa famille ne possédant que trois actions du casino, il se fait humilier par le vaincu à chaque assemblée générale. Alors, médecin traitant des Dumontcel et des Lormeau, il compte sur l'alliance inespérée de nos familles pour dégommer Rumilloz et faire nommer à la présidence du casino Fabienne, qu'il est sûr de contrôler par l'entremise de son coiffeur. Pourquoi ces jeux de pouvoir dérisoires, dont je me suis toujours tenu à l'écart de mon vivant, prennent-ils soudain une telle importance dans ma perception des sentiments ambiants ? L'avenir de ma famille recomposée en dépend-il ?

– Pardon pour mon retard, dit Fabienne à Morgane en s'asseyant. Je tenais à t'apporter un petit cadeau.

– Fabienne, non…Vous ne pouvez pas m'offrir davantage que…

– Tu ne vas pas continuer à me dire vous ? Je suis tellement heureuse qu'on soit réunis tous les trois, enchaîne-t-elle, et elle lui prend la main qu'elle pose sur celle de Lucien. Ne te retourne pas, mais n'aie pas l'air surprise.

La cheffe étoilée Joëlle Farge, sa toque blanche agrémentée d'un logo MeToo, a jailli de sa cuisine pour venir embrasser les deux femmes, et y retourne aussitôt sans saluer personne d'autre – camouflet cinglant pour les autorités présentes. Le maire, qui s'était levé d'une demi-fesse, se rassied avec un regard de compassion fielleuse à l'adresse du président, qui lui répond en affichant une bienveillance rompue aux ingratitudes aixoises.

– Je suis désolée, bredouille Morgane, confuse d'être le point de mire. Ce n'est pas trop embarrassant, comme situation ?

– Au contraire, sourit Fabienne. Champagne ?

D'un mouvement de sourcil, elle déclenche la vélocité de la sommelière qui pousse vers leur table son chariot de grands crus tintant dans leurs seaux à glace. Pour la première fois, je mesure la part de roublardise qui a inspiré sa générosité à l'égard de Morgane. Cela dit, c'est le résultat qui importe. Les vieilles rancunes de Fabienne ont jusqu'à présent nettoyé le destin de l'orpheline, c'est l'essentiel. Mais tout peut se retourner contre elles, désormais, et c'est peut-être pourquoi je demeure mobilisé dans leurs parages.

– Oui, reprend-elle en ouvrant son sac, Lucien et moi avons décidé de réparer symboliquement les torts subis par ta grand-mère au moment de sa liquidation judiciaire.

– Ce n'est pas utile, Fabienne. Votre... – *ton* accueil, oui, d'accord, mais c'était un pluriel – me suffit largement.

Sans répondre, ma veuve sort une enveloppe qu'elle lui tend. Les yeux ronds, Morgane découvre le certificat des actions Dumontcel acquises à la vente aux enchères.

– J'ai demandé à mon notaire de les mettre à ton nom, à titre d'avance sur succession.

Notre héritière relève la tête, très émue. Je comprends le calcul enfoui sous le cadeau. En faisant revenir au conseil une Dumontcel, Fabienne récupère les votes des fidèles de la pâtissière que le président avait ralliés à ses vues.

– Je ne peux pas accepter, Fabienne. Ma grand-mère m'a tellement bassinée avec ces histoires... Aujourd'hui, tu fais quasiment jeu égal avec Rumilloz. Si tu me cèdes ces actions, tu deviens minoritaire.

– Je vois que tu connais la situation. C'est toi qui, si tu le souhaites, avec les soutiens que tu draines, m'assureras la majorité absolue.

Morgane se tourne vers Lucien, qui accorde sa bénédiction d'un battement de cils.

– Accepter de dépendre de toi, insiste Fabienne,

c'est ma façon de me racheter par rapport à Jeanne-Marie. Ne m'en prive pas : mes remords sont discrets, mais toujours vifs.

Morgane déglutit. Machinalement, elle glisse un œil vers André Rumilloz. L'ancien maire a toujours flagorné publiquement sa grand-mère. Avant d'être battu par Meylan, il avait même promis de faire voter la préemption municipale qui, à l'époque, aurait empêché Fabienne de racheter la pâtisserie pour la détruire.

Saisissant ce regard au vol, le fin stratège se lève et, un sourire à cran d'arrêt tonifiant sa face molle de prélat débonnaire, il entreprend de faire le voyage jusqu'à leur table. Redressant le menton, il tend une paume conciliatrice à Fabienne, qui retourne ses phalanges pour le contraindre au baisemain. Entre eux pèsera toujours le souvenir du droit de cuissage qu'il exerçait, à titre d'épreuve éliminatoire, quand il pilotait le comité de sélection de Miss Savoie. Forcé de s'incliner devant sa victime d'antan, le président reprend toute sa hauteur pour se planter face à Morgane. Conscient du poids des regards à la table du maire, il pérore de sa voix de baryton cuivrée :

– Je vous renouvelle toutes mes condoléances,

mademoiselle. J'avais infiniment d'estime pour votre chère maman. Soyez chez vous dans notre établissement.

– C'est le cas, sourit Fabienne. Vous avez devant vous l'une de nos principales actionnaires. D'après nos statuts, son nombre de parts la fait entrer automatiquement au conseil d'administration.

Rumilloz aperçoit le certificat posé entre les assiettes. Incrédule, il cherche une contenance dans le regard des deux femmes, tandis que la sommelière emplit leurs flûtes.

– Vous avez regardé la dernière soirée Miss France ? s'enquiert nonchalamment Fabienne. Je ne savais pas qu'ils avaient supprimé la Savoie. Nous n'avons plus qu'une Miss Rhône-Alpes : vous avez dû vous retourner dans votre tombe.

Le futur ex-président se fend d'un sourire entendu pour faire bonne figure face aux provocations de la quincaillière, se réjouit d'accueillir au conseil de mardi prochain la nouvelle administratrice, et regagne sa table en passant par celle des Meylan, qu'il rassure quant à la bonne entente au sein de ma famille élargie. Face aux manigances de Fabienne, il a décidé de jouer l'union sacrée. Il se reproche encore la seule erreur politique de sa carrière, qui lui a coûté la mairie : avoir révélé par un tract dans les boîtes aux lettres l'homosexualité cachée de son adversaire, initiative qui s'est retournée contre lui quand Meylan, huit jours avant le scrutin, a épousé à la une du *Dauphiné Dimanche* le coiffeur du Tout-Aix.

– À présent, Morgane, enchaîne ma veuve après avoir trinqué, je voudrais répondre, en toute simplicité, à une question que fatalement tu te poses. Non, Jacques ne s'est jamais douté que tu…

– Je sais, coupe-t-elle avec une douceur ferme. Maman a été très claire. Je n'oublierai jamais ses derniers mots : « Ce n'est arrivé qu'une fois. Tu es mieux qu'une enfant de l'amour, tu es une enfant de l'amitié. Mais il ne fallait pas qu'il sache. Pas question de mettre en danger son mariage. Il était heureux, lui. »

Une minute de silence ponctue la citation. Elle a inventé la dernière phrase, mais tout le reste est conforme au mensonge-cadeau que lui a offert Marie-Pa. Tandis qu'elle leur en faisait part, j'ai vu le décor se recomposer dans sa mémoire. Elles sortaient toutes deux du poste de police, où elles venaient d'apprendre l'horrible vérité sur Yves d'Arven. Les carnets intimes, les aveux, les témoignages de ses anciennes patientes… Harcelées par les reporters, elles s'étaient réfugiées dans la voiture de Morgane et elles avaient roulé jusqu'en haut du mont Revard où, devant le belvédère, Marie-Pa avait improvisé le récit de notre union d'un soir.

– C'est dommage que papa soit parti si tôt, murmure Lucien d'une voix lézardée. Il t'aurait adorée. Je me souviens, quand j'allais chez vous pour…

Une serveuse l'interrompt en apportant les amuse-bouches, dont elle met deux minutes à détailler la composition, l'historique et l'ordre de dégustation. Dès qu'elle s'est éclipsée surgissent maîtresse d'hôtel et sommelière. Pour avoir la paix, notre fils ouvre la carte des vins et prend le plus cher.

– Excellent choix, commente la sommelière.

– Qu'est-ce qui va avec ? demande-t-il, perdu dans le menu aux périphrases énigmatiques.

– Laissons faire Joëlle, suggère sa mère qui, attendrie, le regarde jouer les chefs de famille.

– OK. Trois menus surprises.

– Parfait, monsieur.

– Tu disais ? relance Morgane quand ils se retrouvent seuls.

Lucien a oublié.

– La pâtisserie, lui souffle Fabienne.

– Ah oui… Je me souviens, quand j'allais m'acheter des chocolats au gingembre pour les révisions du bac. Ta mère t'installait sur une petite table avec une mini-caisse enregistreuse, et tu racontais des histoires aux clients. Tu faisais le clown, comme papa quand il composait la déco de ses vitrines.

– C'est vrai ? Raconte !

– Tous les enfants s'arrêtaient devant la quincaillerie en sortant de l'école, soupire Fabienne. Il se déguisait en Père Noël monté sur une fraiseuse à neige, en poule de Pâques pondant des ampoules, en chevalier du Moyen Âge embrochant un bonhomme Michelin avec un taille-bordures en guise de lance…

– Mais sa pire déco, lui rappelle mon fiston, c'était celle de la fête des Pères. Sous la banderole « Des idées pour papa », il disposait des couteaux électriques et des tronçonneuses – de quoi découper toute la petite famille…

Ces évocations dérisoires m'inspirent une émotion intense, amplifiée par les larmes qui perlent aux yeux de Morgane. C'est si bon d'accroître mon champ émotionnel par la curiosité passionnée de cette inconnue, qui veut tout savoir de moi pour se fabriquer des souvenirs rétroactifs. Lucien raconte son papa avec des accents d'enthousiasme qui me bouleversent. Il enjolive, il en fait des tonnes, mais il a l'air d'y croire et Fabienne renchérit. Emménager dans le cerveau de Morgane avec les images toutes fraîches issues de leurs récits est un pur délice. Le vrai, le faux, l'imaginé s'entremêlent et se confondent. Ça n'a rien à voir avec la mémoire à tiroirs où les autres me conservent dans la nostalgie de leur passé, les déceptions ou les griefs plus ou moins éventés que je leur inspire. Morgane ne m'a pas perdu : elle me découvre. Et elle se refait une enfance rêvée dans cette famille idéale qui annule et remplace pour moi, soudain, la cellule dont je m'efforçais continuellement de m'évader. Elle fait mieux que m'offrir un supplément de vie : elle me *recrée*. Elle dit :

– Ça doit être génial, un père qui fait rire.

– Génial, confirme Lucien qui a eu honte de moi toute son enfance, accablé par ce guignol de vitrine qu'il fallait assumer en présence des copains. Je te montrerai les vidéos qu'a tournées Odile…

– J'ai rien de lui, si ? coupe soudain Morgane.

– Sa solitude, répond Fabienne après trois secondes. La gravité blessée qu'il cachait derrière ses pitreries.

Le petit moment de gêne qui s'ensuit leur permet de finir les amuse-bouches avec la concentration nécessaire pour se remémorer les consignes de dégustation.

– Tu es en biologie, alors ? demande Lucien qui estime qu'on a suffisamment parlé de moi.

La jeune fille baisse les yeux, émiette son pain aux noisettes pour évoquer la thèse qu'elle consacre aux facultés cognitives des amibes.

– C'est-à-dire ?

– J'évalue le degré de perception et d'analyse chez un être unicellulaire.

– Et ça t'ouvrira quelles portes ? s'informe-t-il, toujours pragmatique.

– Ça permet de montrer qu'il y a partout de l'intelligence et de la sensibilité…

– Sauf chez certains humains, glisse Fabienne en regardant Rumilloz tartiner de foie gras son tournedos Rossini.

Les serveuses apportent les entrées, puis ôtent dans un mouvement synchronisé les trois cloches en laiton, découvrant des échanges gazeux autour d'émulsions colorées dans une fumée d'azote.

– Cuisine moléculaire, commente Fabienne devant la perplexité de Morgane.

– Tu touches le nuage et il s'effondre, traduit Lucien en lisant un texto sur son genou.

Quelque chose m'empêche de me maintenir à leur table. L'impatience de Guillaume, dans son appartement de la butte Montmartre. C'est le troisième message qu'il envoie à Fabienne et Lucien, pour avoir le résultat de l'expertise ADN dont il connaît les délais d'usage. D'un commun accord, ils diffèrent la réponse. Ils attendent l'issue de ce dîner qui justifiera ou non leur choix de m'avoir offert une fille posthume.

Guillaume, lui, prend ce silence pour une désinvolture de bon augure. Il pense que si la génétique avait donné raison aux Dumontcel, les Lormeau l'auraient appelé aussitôt pour commenter le problème. Conforté dans son intuition, il relit pour la douzième fois le résumé de son intrigue, puis l'envoie en pièce jointe.

Son éditrice l'appelle dix minutes plus tard. Elle est emballée par cette exploitation romanesque du scandale médico-pédophile qui passionne la France depuis trois semaines. Elle dit qu'elle tournait autour du sujet en se demandant par quel bout le prendre, mais il a mis dans le mille avec cette fille de violeur qui tente en vain de changer de père.

– Tu peux me l'écrire en un mois ? Faut pas laisser refroidir.

– Propose-moi un contrat.

Elle lui fixe rendez-vous le lendemain à 13 heures dans une brasserie de Montparnasse. Tout excité, il vide au goulot une demi-bouteille de sancerre et avale trois cachets pour être en forme au déjeuner.

En attendant l'effet de son somnifère, je me laisse projeter dans les différents axes de lancement qu'il envisage. Il est certain de tenir le livre de sa vie. Rassuré, je me dis que la fausse piste sur laquelle il s'engage ne tardera pas à m'affranchir de sa tutelle.

Quand je réintègre le restaurant du Palais de Savoie, ils en sont au dessert. Morgane vient de se lever pour aller aux toilettes.

– On lui fait vachement de bien, se réjouit Lucien.

– J'espère, nuance Fabienne. Il y a quelque chose de si lourd en elle… En même temps, elle donne le change, on dirait que tout glisse. Elle a un très bon système immunitaire, en tout cas. J'espère qu'on n'est pas en train de le fragiliser.

– On lui a nettoyé le génome, c'est tout ce qui compte.

– Tu es sûr ? Tu crois que ça suffit pour la libérer des crimes de son père ?

– Évidemment ; j'ai supprimé le fichier. On n'a plus qu'à lui écrire une autre histoire… Qu'est-ce qu'on dit à Guillaume, alors ? enchaîne-t-il par association d'idées.

– Tu as une tache de chocolat sur ta veste.

Il crispe les doigts autour de sa cuillère, agacé par cette façon d'éluder la question. Il insiste :

– C'est toi qui lui racontes, ou c'est moi ?

– Il apprendra par la presse. On verra comment il se positionne.

Lucien pousse un soupir et pose les coudes sur la nappe, les yeux dans les yeux.

– T'es dure avec lui, maman. Il a été vraiment sympa de faire l'aller-retour pour nous soutenir. Moi, je sens qu'il aimerait bien se remettre avec toi.

– Ce n'est pas la peine de vouloir me caser, mon chéri. Je suis très bien comme je suis.

– Et Savoie-Yaourt, c'est une idée ou il te fait la gueule ? ajoute-t-il en regardant le directeur marketing qui dîne à quinze mètres en face d'un patron de laiterie. Tu l'as encore bloqué ?

Le visage de Fabienne s'éclaire brusquement d'un sourire de comptoir. Lucien se tourne vers le Dr Meylan et son mari qui viennent les saluer avant de partir.

– Alors, chère amie, nous nous demandions

Alexandre et moi si tout se passait bien avec la jeune fille ?

– On ne peut mieux, monsieur le maire. Et vous, cette expo *Tortures sur bois* à l'hôtel de ville… La polémique retombe ?

– Venez, c'est du jamais vu !

– La critique hurle de rire et le public est horrifié, confirme Alexandre, crinière auburn et cravate vert pomme assortie aux lacets de ses baskets. Vous êtes contente du dégradé ?

– Ravie, tout le monde me trouve rajeunie d'un an. Dites-moi, j'attends confirmation pour un soin, dans la semaine…

– Toujours aucun désistement, hélas, en plus je ferme le salon jeudi pour remplacer deux bacs. Je vous dirai.

– À propos, mon cher Lucien, glisse le maire, il paraît qu'ils ont encore eu un virus informatique, au service de la com, et que vous ne les rappelez pas.

– Ils n'ont qu'à renouveler leur abonnement, et je me ferai une joie.

– Merci. Embrassez Morgane, et dînons un soir.

Ils repartent en faisant le tour des tables intéressantes, contournant celle de Rumilloz. D'un doigt sur le front, le coiffeur fait mine d'avoir oublié quelque chose et, tandis que son conjoint prend le pouls d'une riche mécène, il revient glisser discrètement une feuille pliée sous l'assiette à pain de Fabienne.

– J'ai reçu ce message pour vous à 19 heures, pendant que je méditais, chuchote-t-il d'un ton de secret défense.

– Jacques ? s'émeut-elle dans un souffle.

– Vous me confirmerez.

Elle n'en revient pas. Depuis qu'il a passé le réveillon chez les Indiens d'Amazonie, il se vante d'entendre des voix et il les répercute avec une abnégation pointilleuse. Toutes les veuves du salon *Alexandre d'Aix* ont reçu des nouvelles de leur défunt – j'étais le seul à ne m'être jamais manifesté. Un quincaillier, jusqu'à présent, il ne voyait pas trop l'intérêt. Fabienne prend le papier d'une main tremblante, tandis que le messager s'empresse de rejoindre son époux qui s'est dirigé vers le vestiaire. Esquivant le regard méfiant de notre fils, elle déplie lentement la feuille :

J'ai sur mon cœur ta photo en maillot bleu. Je t'aime, Fabienne, et je suis fier de Lucien. Mais vous devez vous éloigner de Morgane. Sinon, il n'y aura que souffrances et drames.

Qu'est-ce que c'est que ces conneries ? Je n'ai jamais pensé, encore moins exprimé ce genre de choses !

– Il fume sa laque, çui-là, commente Lucien qui s'est penché pour déchiffrer les pattes de mouche. Ça ne lui suffit plus, les confidences des vieilles sous le casque, il faut qu'il retweete les morts ?

Sans relever les yeux de la feuille, Fabienne murmure lentement :

– C'est vraiment un grand médium.

Tu parles ! C'est un imposteur sincère – les pires. Un mégalo mondain qui prend sa connaissance des femmes et son instinct de courtisan pour des facultés paranormales. Il écoute, il devine, il défrise, il colore et il fidélise en délivrant ses perceptions de l'au-delà comme d'autres offrent un booster capillaire. Mais là, il y a visiblement intention de nuire. C'est dégueulasse de semer le doute sur Morgane, de polluer cette harmonie qui naissait entre nous quatre ! Heureusement que Lucien est là. Il travaille trop dans le virtuel pour faire confiance à l'occulte. Et, surtout, il garde un souvenir si cuisant de la fausse séance de spiritisme organisée jadis par ses copains d'école que, pour lui, s'il y a sauvegarde des âmes, elles sont sécurisées dans un *cloud* inviolable. De toute manière, comme pour les logiciels qu'il crée, il se porte garant de la fiabilité de cette demi-sœur dont il s'est doté. C'est le meilleur programmateur qui soit : jamais il n'a commis la moindre erreur.

– Médium mon cul ! réplique-t-il. Faire du bashing sous le nom de papa, tu trouves ça cool ? Ça l'emmerde qu'on valide une bâtarde, ou quoi ? En plus, j'aime pas ta nouvelle coupe. Tu ferais mieux d'aller chez Dessange.

Livide, elle lui pose la main sur le bras, plonge dans ses yeux, murmure :

– Ma photo en maillot bleu de première dauphine, Lucien... C'est celle du soir où j'ai rencontré ton père.

– Et alors ?

– J'étais seule devant le cercueil, lorsque je la lui ai glissée dans son costume. En dehors de lui, qui aurait pu donner ce détail à Alexandre ?

Mais c'est la Meringue qui le lui a dit ! Elle le tenait du fils Bugnard, des pompes funèbres, qui m'a fait les poches avant de fermer la bière. Je vois la scène comme si j'y étais : à peine sortie de son AVC, Jeanne-Marie a convoqué son coiffeur pour un coup de peigne et lui a dicté mon prétendu message. Ils sont de mèche. Elle l'utilise pour casser l'alliance entre sa petite-fille et Fabienne, alliance sur laquelle reposent les calculs stratégiques du maire. Sachant qu'Alexandre est fou de rage contre son mari qui l'a trompé le mois dernier avec le sculpteur exposé à l'hôtel de ville, la Meringue l'a convaincu de faire vengeance commune. Sans le choc émotionnel causé par cette apparente preuve de ma survie, Fabienne serait parfaitement en mesure de comprendre d'où vient l'attaque. Si seulement elle m'entendait…

– Y a une explication rationnelle, maman. On la trouvera.

– Pardon, c'était le rush aux toilettes, dit Morgane qui se rassied devant son sorbet fondu.

Fabienne lui sourit en pliant la feuille dans son sac, l'air parfaitement naturel.

– Je vais vous laisser, les enfants. J'ouvre à 6 heures.

Dominant le malaise, Lucien sort sa carte Gold, la pose au milieu de la nappe. Sa mère le remercie, les embrasse et s'esquive. Morgane la suit des yeux, avant de se retourner vers son nouveau frère pour déclarer :

– C'est la plus belle soirée de ma vie.

Moi, j'ai peur que Fabienne n'en fasse la pire nuit de ma mort.

Ils marchent en silence dans les rues froides. Il la regarde à la dérobée sous les réverbères, essayant de dissiper comme moi les miasmes de suspicion laissés par le message du coiffeur. Il refuse d'y croire, mais cette intrusion de la mesquinerie bourgeoise dans le conte de fées qu'il a fabriqué pour Morgane lui reste en travers de l'estomac. Au point que sa rogne exerce sur moi une force d'attraction supérieure à celle du dilemme de sa mère.

– T'as l'air triste, Lucien.

– Non, non, ça va.

– Viens, je vais te présenter mon mec.

Elle a senti sa crispation soudaine. Elle lui prend le bras.

– Hé ! Tu vas pas déjà me jouer les grands frères

protecteurs… J'aimerais avoir ton feeling, c'est tout.

– Pourquoi ? embraye-t-il malgré lui. Tu as des doutes ?

– Sur moi. Je te dirai.

Ils descendent l'avenue Victoria jusqu'au rond-point de la gare où crépite un feu de cagettes. Une trentaine de Gilets jaunes se réchauffent autour d'une guitare en chantant leur hymne régional :

– *Rond-point d'honneur dans la tempête / Rond-point d'honneur pour que ça pète !* fredonne avec eux Morgane en traversant l'avenue. *Fini, la misère à perpète / Fini, les travailleurs carpettes !*

– Tu connais par cœur les paroles, apprécie Lucien.

– Y a pas de mérite : je les ai écrites.

– Allez ?

Son étonnement ne sonne pas trop faux. Avant de faire rimer leurs gènes, il a épluché le profil Facebook de Morgane, piraté sa messagerie et ses contacts, afin de se constituer d'éventuels points communs. La fraternité, ça se travaille. Sur iTunes, il a téléchargé le clip artisanal de « Rond-point d'honneur », chanté par le duo Gilles et Joan. Son moteur de *likes* a multiplié artificiellement par cent, depuis trois jours, le nombre d'internautes appréciant la chanson. Conçue au départ comme un simple support de propagande locale, elle est en passe de devenir un tube à part entière.

– Me dis pas que Gilles et Joan, c'est toi ?

– C'est nous, jubile-t-elle en enjambant ce qui reste de la haie de buis du rond-point. Je te présente Gilles, déneigeur à l'Équipement, en GDI depuis deux mois.

– Grève à durée indéterminée, traduit d'un ton solidaire mon fils, qui soutient tous les mouvements sociaux pour éviter de se faire taguer les murs de sa start-up.

Le jeune guitariste à bonnet vert s'interrompt, se déplie, embrasse Morgane sur la bouche pour marquer son territoire face à l'intrus. Amusée, elle s'empresse de dissiper le malaise :

– Lucien Lormeau, mon frère.

Changement de climat, aussitôt. Le rond-pointeur choque vigoureusement la paume de son futur beauf.

– Ho ! c'était vrai, alors ? Et tu l'as r'connue, c'est top ! Tu veux une bière ?

Lucien accepte, fraternise, se coule dans l'ambiance feu de camp, partage les détresses, la colère et les espoirs, participe au barrage filtrant des voitures pour distribuer aux fêtards accablés sa part de tracts. C'est touchant comme il cherche à se faire adopter par la famille du rond-point. Morgane, elle, engloutit l'un des paninis maintenus au chaud devant les braises.

– Dis donc, il te nourrit pas, ton frère, la chambre une Gilette jaune.

– On a dîné au gastro du casino, explique-t-elle.

– La cuisine moléculaire, ça creuse, appuie Lucien.

Et ils échangent un regard où la complicité s'affine de minute en minute. De leur côté, je ne suis plus vraiment inquiet.

Pendant ce temps, dans sa chambre, Fabienne a ressorti d'un classeur une vieille photo de moi, où je fais mon show de Noël dans la vitrine devant les gamins perplexes arrêtés sur le trottoir de la quincaillerie.

– Jacques, murmure-t-elle à ma face hilare débordant de barbe en raphia, dis-moi qu'Alexandre a mal compris. Dis-moi qu'on n'a pas fait une connerie avec Morgane.

Je te le dis, mon amour. Endors-toi, appelle-moi dans tes rêves et tu m'entendras. La montée des souvenirs où vous m'avez relogé, magnifié pendant le dîner, ce condensé de bonheur familial que vous avez inventé pour notre nouvelle fille, le doute sur elle qui s'est insinué soudain dans ton esprit... Tout cela est tellement conducteur, Fabienne. Jamais les conditions propices à un contact entre nous n'auront été si fortes. Un seul contact, c'est tout ce que je demande, pour te rassurer, pour réfuter le mensonge du coiffeur, et je te laisserai en paix, et je reprendrai le cours de ma mort...

– Pourquoi ce n'est pas à moi que tu parles ?

Mais si, je n'arrête pas ! Comme j'essaie de parler à Lucien, Morgane, Guillaume, Alphonse... À tout le monde, sauf à ton coiffeur. Seulement, c'est plus facile d'écouter les soi-disant porte-parole que les voix intérieures. Me retrouver seul sur Terre avec vous qui m'appelez sans recevoir mes réponses, n'être que le témoin impuissant des dangers, des faux-semblants et des malentendus qui s'installent autour de vous, à quoi rime ce calvaire ?

Dans le classeur de nos souvenirs, elle prend ma lettre envoyée de Colmar, trois mois après notre rencontre – cette lettre d'amour à l'en-tête d'une marque de tronçonneuses qui lui a servi de modèle pour imiter mon écriture. Elle relit la phrase sur les effets secondaires de ma passion pour elle, cette perception accrue des joies et des souffrances autour de moi. « En musique, on appelle ça l'oreille absolue : la reconnaissance immédiate de chaque note quand on entend une mélodie. » Je ressens pleinement aujourd'hui ce qui à l'époque n'était qu'une métaphore. La mort, c'est la vie absolue.

Elle replie la lettre et se dirige vers mon ancienne table de nuit, l'un des rares meubles qui m'ait survécu. C'était le cadeau de mariage d'Alphonse : il nous avait taillé la paire de chevets dans un même tronc de chêne. Elle allume ma lampe, pose ma photo de Noël contre le pied en fer forgé et va se coucher de son côté. Un long moment, elle reste à fixer le rond de lumière sur le plafond, comme si le temps faisait un pli, comme si j'étais en train de lire un livre qui l'empêche de dormir.

C'est malin. Tu m'as fait revenir malgré moi en me donnant une fille, et maintenant que tu remets ton choix en question à cause d'un message bidon qu'on m'attribue, je n'ai plus le cœur à repartir. Je voudrais tant pouvoir défendre Morgane contre les salissures qui t'atteignent. Et je m'incruste d'autant plus que tu me retiens. Je ressens un si grand besoin, là, de veiller sur toi… Quitte à n'être qu'une simple veilleuse que tu laisses allumée pour te rassurer dans le noir.

– Même si tu as raison, Jacques, tant pis. Je m'en fous de me faire arnaquer par cette gamine. Simplement, si tu es inquiet pour notre fils, si quelque chose de mauvais peut lui arriver à cause de Morgane, je t'en supplie, essaie d'être précis. Dis-le à Alexandre. Ou à Guillaume ; je suis sûre qu'il a recommencé à écrire sur toi. Quand il te fait parler, j'ai tellement l'impression de t'entendre.

Mais non, Fabienne… C'est *toi* mon canal. Arrête de douter de toi et de t'en remettre aux autres. Alexandre est la voix de la Meringue et Guillaume n'écoute que lui-même.

– Tu m'as tellement manqué, ce soir… Pourquoi tu as mentionné mon maillot ? Pour me donner une preuve d'identité, ou une preuve d'amour ?

Arrête, Fabienne…

– Tu sais ce que je ferais, si j'avais le courage ? Je téléphonerais à Guillaume, là, tout de suite, pour qu'il me lise des phrases qu'il te fait dire. Lui, au moins, je suis vraiment sûre que c'est toi.

Arrête, je t'en prie… Je suis là. Oublie les intermédiaires, les imposteurs, les substituts… Endors-toi et laisse-moi te rejoindre. Ton sommeil est notre seul point de rencontre possible…

Elle détourne les yeux du rond de lumière, ferme les paupières sous la couette, chasse Morgane de ses pensées et se caresse, d'une main qui est tantôt celle de Guillaume, tantôt la mienne. Mais ce n'est pas la fréquence d'écoute dont j'ai besoin, hélas, et je cède la place.

– Allez, je dois bosser, décide Morgane après avoir écoulé sa deuxième pile de tracts.

Un bisou sur la joue de son guitariste, occupé à polémiquer avec un contradicteur en BM diesel, et elle reprend son frère par la taille pour le faire remonter en direction du centre-ville. Lucien m'épate. En moins d'une heure, il a complètement occulté ma prétendue mise en garde par coiffeur interposé, et il savoure en toute liberté la présence radieuse collée contre lui au fil des rues.

– C'est sympa, dit-il au coin de l'avenue des Fleurs, que tu m'aies présenté ton copain.

– Ce n'était pas forcément désintéressé. Je pourrai lui filer ton 06 ?

– Oui, pourquoi ?

Elle laisse passer un couple de shootés hilares avant de répondre au carrefour suivant :

– Je lui dirai qu'il peut te joindre en cas d'urgence, si je suis off. Il sait que j'éteins mon téléphone quand je bosse sur ma thèse. En fait, je pense qu'il t'appellera pour discuter de moi. Entre mecs.

– OK, fait-il en s'empêchant de relancer.

Elle enfouit les mains dans ses poches de doudoune pour se réchauffer les doigts. Après quelques pas, elle précise qu'elle a des problèmes avec lui.

– Si je t'en parle, c'est pas pour t'embêter… Juste pour que tu saches quoi lui répondre.

– Tu m'embêtes pas, réplique-t-il d'une voix sobre, étonné par l'accélération de son rythme cardiaque. Ça sert à ça, un frère.

– T'es gentil, fait-elle en l'enlaçant à nouveau. Je ne me confie jamais à personne, tu sais. Pardon si ça part dans tous les sens, et désolée si je te choque. D'abord, je n'ai jamais eu un rapport très clean avec les mecs.

Il laisse passer une dizaine de mètres avant de risquer :

– C'est-à-dire ?

– Besoin de les griffer, de les frapper… Comme

si je les punissais de quelque chose, malgré moi. Bien sûr, maintenant que je sais pour mon père, je me doute d'où ça vient – je continue à l'appeler « mon père », pardon. Aucune envie de prononcer son prénom. Je préfère dire « Jacques ».

– Je comprends, valide Lucien, désarçonné par ce torrent de confidences auxquelles il ne s'attendait pas.

– Je pense que c'étaient des souvenirs inconscients : il a dû me faire des attouchements, petite fille, des saloperies… Évidemment, depuis que j'ai eu confirmation, vu l'âge de ses victimes, ça m'a coupée net. Impossible de coucher. De m'imaginer, même.

– Avec Gilles ? vérifie-t-il.

– Y avait que lui, là, et du coup, y a plus. Il prend ça bien, il me dit que c'est normal – « pas grave », même, mais il croit que ça va passer très vite. Et il comprendra mal que ça ne passe pas, maintenant que j'ai changé de père. Sauf que je n'ai pas envie que ça passe, Lucien. Je n'ai plus envie de le voir, surtout. Je suis ailleurs, dans ma tête. Tu peux m'aider à le virer ?

– Avec plaisir, lâche-t-il en se reprochant aussitôt son empressement.

– Sans lui faire trop de peine. Il se voit déjà marié, deux gosses et disque d'or – on a fait plus de trois cent mille *likes* en trois jours, pour un single de merde enregistré en selfie dans ma cuisine.

– Ah quand même.

– Mais c'est pas mon trip. Il est beau mec, c'est tout, pas mal au pieu, mais con comme la mort. On n'a rien à se dire, alors je lui ai écrit des paroles, voilà, ça s'arrête là. Je vais pas lui pondre un album. Le moins vexant pour lui, ça serait qu'il croie que finalement je préfère les filles. Tu pourrais lui dire ?

– Pas de souci.

– C'est peut-être vrai, d'ailleurs. Faudrait que j'essaie. T'as pas une copine à me prêter – une dont tu ne voudrais plus ?

– Je vois pas, non.

Elle s'arrête sous un réverbère, le long du Théâtre de Verdure, lui plaque les mains sur la poitrine.

– Hé ! c'est pas à sens unique, les confidences. Je sais rien de toi, moi, à part que tu bosses dans l'informatique. T'en es où, côté cœur ?

– Ça roule.

– Développe.

– Je fais dans le *fuckware*.

– Les sites de rencontre ?

– J'ai pas une minute et je veux pas me faire truffer.

– T'as jamais été amoureux ?

– Une fois, justement. J'ai quatre cents contrats de cybersécurité, je peux pas me permettre d'avoir la tête ailleurs, comme tu dis. Faut que je sois toujours au taquet.

– Et l'amour qui donne des ailes ?

– Ça sert à se faire plumer. C'était une vanne de mon père.

J'aurais bien aimé, mais il vient de l'inventer.

– Il me manque, ton père.

La gorge nouée par la phrase qu'elle a prononcée en repartant, bras dessus bras dessous, il se contente de corriger :

– *Notre* père.

En tout cas, je ne suis pas près de remonter aux Cieux, vu la tournure que ça prend. Collé à sa hanche, il marche de biais pour lui cacher son érection. Elle est aussi troublée que lui, mais sur un autre mode : la douce harmonie de la fraternité amoureuse. L'inceste en mode virtuel. Mon Dieu, comment vont-ils gérer cette situation ?

Je me dis soudain que, sans le savoir, le faux médium de la haute coiffure a peut-être vu juste.

Les « souffrances » et les « drames » qu'il m'a fait prédire, Morgane ne saurait en être la cause, mais elle risque bien d'en devenir l'objet – pour ne pas dire la victime.

*

Ils sont arrivés devant chez elle, rue des Basses-Combes.

– Tu veux monter ? J'ai du marc de Savoie.

Il s'étonne : ce n'est pas vraiment un drink de sa génération.

– C'est monsieur Alphonse qui l'a déposé chez le gardien, tout à l'heure. Avec un mot adorable : « À Morgane, de la part de ton arrière-grand-père Charles qui était bouilleur de cru, pour que tu te sentes chez toi dans la famille. »

Lucien se mord une lèvre. La délicatesse inoxydable de notre vieux nounou, il n'y a rien de tel pour recadrer l'excitation à laquelle il cédait. Du coup, il accepte la proposition. Et il monte derrière elle les cinq étages en évitant de mater ses fesses sous la doudoune.

– Regarde pas le désordre, dit-elle en ouvrant la porte de son studio.

Il la rassure d'un air habitué. En fait, c'est la première fois qu'il se laisse inviter dans une chambre de fille, depuis que son amoureuse de terminale S lui a haché le cœur au mixeur.

– Je te préviens, j'ai un coloc.

Il entérine d'un signe de tête, dissimulant sa contrariété. Sous les poutres apparentes de la mansarde refaite à neuf, le sol est jonché de bouquins, brouillons, canettes, revues scientifiques, sous-vêtements et cartons à pizza, tout autour d'une sorte de tunnel en plexiglas qui serpente façon train électrique. À l'intérieur s'étirent des tiges filamenteuses vert clair, à mi-chemin entre l'algue et la moisissure.

– Qu'est-ce que c'est ?

– Mon blob. *Physarum polycephalum*, si tu préfères. Son nom savant.

– C'est le sujet de ta thèse ?

– Bien vu. Ce n'est ni un animal, ni un végétal, ni un champignon. C'est l'origine des trois, en fait, avant la scission qui s'est produite y a plus de cinq cents millions d'années. C'est ce que j'essaie de démontrer. Il se reproduit par spores, comme un champignon, il ressemble à une plante mais il n'a pas de chlorophylle, et il se déplace pour se nourrir comme un animal, alors que c'est un être unicellulaire sans cerveau ni estomac.

Lucien s'agenouille pour contempler la chose, fasciné.

– Ça fait longtemps que tu vis avec lui ?

– Quatre ans. J'arrête pas de le tester, de lui tendre des pièges pour comprendre son comportement. Il n'a pas de cerveau, mais il a une très bonne mémoire. Comme les arbres. Par exemple, il est capable de trouver la sortie d'un labyrinthe. Là, en ce moment, je lui fais passer le test du sel. Au coin de son tunnel, là-bas, je lui ai mis des flocons d'avoine, tu vois, son plat préféré, au bout d'une traînée de sel. Ça, il ne connaît pas, il se méfie, alors au début il se déplace à deux centimètres à l'heure. Mais, depuis qu'il a compris que c'est sans danger pour lui, il multiplie par trois sa vitesse chaque fois que je sale le sol. Je te ferai une bouture.

– Une bouture ?

– Oui. À partir d'un fragment, il se reforme à l'identique, mémoire intacte.

Lucien se redresse. Il la regarde avec une émotion artistique, comme si elle lui récitait un poème. Elle prend des ciseaux, soulève une petite trappe dans le conduit de plexiglas.

– Il s'appelle Toshi. En l'honneur du premier biologiste qui a publié un article sur le *physarum* dans la revue anglaise *Nature*. Toshiyuki Nakagaki.

Et elle découpe trois centimètres de blob.

– Doggy bag, dit-elle.

Se relevant d'une détente, elle va placer le prélèvement dans un Tupperware au coin de l'évier.

– Il est immortel, en fait. Je l'ai passé dix fois au micro-ondes : il se dessèche, il peut rester en dormance pendant une heure ou des siècles, et après il reprend son cycle. Mais fallait pas me brancher sur lui, tu vas en avoir pour la nuit.

Lucien l'a rejointe dans le coin cuisine, et il tombe en arrêt devant le frigo. Au-dessus de la poignée, elle a fixé côte à côte, par des aimants en forme de coccinelle, ma photo à trente-quatre ans sur le voilier de Jean-Mi et celle de sa mère à cent kilos, la même année, d'une beauté fellinienne, sourire figé, regard ailleurs sous une couronne de galette des rois – l'image qu'elle avait projetée lundi devant ma tombe. Morgane a coupé la photo au ras de sa joue pour que nos visages se touchent.

Une boule dans la gorge, Lucien détourne les yeux vers l'évier. Dans le bac, la vaisselle sale cohabite avec des cendres de papier. Les articles consacrés au violeur de fillettes anesthésiées, que des voisins bien intentionnés ont glissés dans la boîte aux lettres de Morgane. Elle croise son regard, le dissuade d'aborder le sujet en désignant la bouteille emmaillotée de papier cadeau.

– Allez, on se le goûte, ce marc ! C'était quel genre, notre arrière-grand-père ?

Ils vont s'asseoir dans le canapé, et il fait sauter le cachet de cire de l'antique flacon en verre marron. Concentré sur le rôle qu'elle attend de lui, il entreprend de lui raconter, entre deux gorgées de tord-boyaux éventé, cet ancêtre qu'il n'a pas connu, héros de la Première Guerre mondiale – dans un camp comme dans l'autre. Né en Alsace, il avait commencé à se battre en tant qu'Allemand, puis, fait prisonnier par les Français, il avait continué de servir sous leur drapeau, son patriotisme s'adaptant sans réserve aux ordres de ses supérieurs successifs. Après l'armistice, décoré à la fois de l'*Eisernes Kreuz* et de la croix de guerre, il avait préféré s'exiler à Aix-les-Bains. Soignant ses blessures dans les eaux thermales, il avait rencontré aux piscines la belle Lucienne Lormeau, veuve de sous-officier. Elle avait consenti à l'épouser pour qu'il l'aide à élever ses quatre enfants et, travailleur comme pas deux, il avait fait de la petite droguerie familiale dont elle avait hérité la plus grosse quincaillerie du département.

Une bonne partie de son enfance, j'ai bassiné mon fils avec ce héros à double face, précurseur de la réconciliation franco-allemande, et je suis heureux de voir qu'il s'en souvient si bien. Je n'ai croisé qu'une fois papy Karl-Charles dans l'au-delà – ça me revient soudain. Totalement débordé, il se consacre aux âmes errantes des fosses communes de Hartmannswillerkopf et Ban-de-Sapt, les pires batailles de sa vie, où tant d'oubliés des tranchées continuent d'ignorer qui ils furent.

– J'adore avoir ce genre de sang dans les veines, se réjouit Morgane en travers de son canapé, les mollets sur les cuisses de Lucien. Tu m'en racontes encore, des histoires de famille ?

Rapidement, il se retrouve à court, alors il brode. Le voilà qui m'invente des aventures d'enfance incroyables aux côtés de Marie-Pa et Jean-Mi, directement extraites du *Club des Cinq* et du *Petit Nicolas* dont je lui lisais chaque soir un chapitre, de zéro à neuf ans – quelle mémoire, décidément ! Morgane, qui a grandi entre des biographies historiques et des films de cinémathèque, boit ses paroles tout en cuvant son marc.

– Encore ! réclame-t-elle en l'emprisonnant avec ses jambes, chaque fois qu'il fait mine de se lever.

Elle finit par s'endormir dans le canapé à 5 h 20, et il regagne la quincaillerie au moment où Fabienne monte les grilles électriques. Elle n'a pas fermé l'œil de la nuit, déçue de mon silence et peu habituée à ce que notre grand fils découche.

– Alors ? lui lance-t-elle sur le ton le plus dégagé possible.

– C'est un boulot à plein temps d'être frère, bâille-t-il sur le même registre. Mais t'inquiète : elle est clean.

Et il monte se coucher, son Tupperware sous le bras.

À peine jailli du lit, Guillaume vient de sauter sur un bloc de papier qui me ramène à lui. Pour achever de séduire son éditrice, dans trois heures, il entreprend de renforcer le personnage de Morgane. Il imagine à présent que, sous la double influence de sa grand-mère et des gènes paternels, elle a décidé de s'immiscer dans la famille Lormeau pour venger le suicide de sa maman. Motivation décuplée par le verdict négatif du test de paternité, qu'elle attribue à la pression de Fabienne sur les autorités locales.

Sauf qu'il s'interrompt pour aller déjeuner et que, dès son entrée dans la brasserie, le projet tourne court. À la table où patiente son rendez-vous, un article de *Libé* s'étale sur son assiette :

AIX-LES-BAINS : DÉCHÉANCE DE PATERNITÉ POUR LE « RAMONEUR SAVOYARD »

L'ADN a parlé : Morgane, fille unique du Dr Yves d'Arven, l'anesthésiste-réanimateur soupçonné d'une trentaine de viols sur mineures, a pour père biologique un quincaillier aixois décédé en 1996.

Guillaume tombe assis, incrédule.

– Ce n'est pas ce que tu m'as vendu, attaque son éditrice.

– Y a une erreur, c'est pas possible, bredouille-t-il, blême.

– Ton histoire ne tient plus debout, maintenant. Je te rassure : ça m'arrange. J'ai autre chose pour toi, qui te permettra de garder le décor, mais avec un objectif beaucoup plus ambitieux.

Il soutient son regard, ballotté entre la consternation, la méfiance et l'espoir.

– Je t'ai dit que je tournais autour du sujet, avant que tu m'envoies ton pitch. En fait, je suis en relation avec l'avocat d'Yves d'Arven. À la demande de son client, il a adressé aux cinq éditeurs qui comptent une copie des carnets où il fait l'apologie de ses viols – je viens de remporter l'appel d'offres.

Ce mec, c'est génial, c'est le marquis de Sade version *Urgences*.

Guillaume se penche en avant, sourcils froncés. Elle enchaîne :

– Bien sûr, je ne peux pas le publier tel quel, son journal intime ; il est classé dans les pièces à conviction du procès. Mais rien n'empêche de l'adapter en monologue. Ça s'appellera *Dans la tête d'un monstre*. Tu as trois semaines pour le réécrire, avant que la mayonnaise ne retombe.

– Tu me demandes d'être son nègre ? articule-t-il avec un rictus d'indignation.

– Mais non, tu signes. Tu es parfaitement légitime, en tant qu'ancien gendarme caserné dans ce bled. Bien sûr, tu matcheras les horreurs qu'il balance avec le point de vue des victimes que tu recueilleras sur place, pour éviter qu'elles nous collent un référé. La fameuse Morgane, tu la connais ?

– Je l'ai croisée, oui, le jour de l'exhumation.

– Faudra que tu la persuades de témoigner, naturellement. Si en plus il l'a violée elle aussi, j'te raconte pas le buzz. Vas-y en douceur pour la mettre dans ta poche, on axera le lancement photo sur elle.

– Tu es sûre ?

– Fais-moi confiance : ça va te propulser en tête des ventes, et tu seras d'autant plus crédible quand tu reviendras au roman. Je suppose que l'à-valoir te convient.

Avec un petit sourire narquois, elle pose au milieu du journal un contrat en double exemplaire. Il se rend directement à la page des conditions financières. Dès qu'il voit le montant de l'avance, je sors de sa tête à la vitesse d'un siège éjectable.

*

J'ai atterri dans la chambre de Lucien. En tee-shirt et caleçon au-dessus du Tupperware, il est en train de saupoudrer de corn flakes broyés sa bouture de blob. N'ayant pas trouvé de flocons d'avoine à la cuisine, il pense que ça constituera un petit déjeuner approchant.

Il fronce les sourcils. C'est peut-être une illusion d'optique, mais il a l'impression que la section de moisissure vert pâle a grandi pendant qu'il dormait. Dans le doute, il prend un double décimètre pour mesurer le cadeau que lui a fait Morgane. L'idée qu'ils partagent tous deux le même être unicellulaire, divisible et connecté, lui déclenche une excitation qu'il hésite à mener à terme.

Je le quitte en plein débat de conscience, happé trois étages plus bas par sa mère qui, à la comptabilité, vient de lire un sms qui accélère son pouls. Guillaume l'informe qu'il revient travailler à Aix où il restera une quinzaine de jours ; il descend au Golden Tulip et serait heureux de l'y inviter à dîner le soir même.

Elle ferme les yeux. Grâce à leurs retrouvailles au cimetière, il s'est donc lancé, comme elle le pressentait, dans la suite de mes aventures d'outre-tombe, ce qui lui fait monter une douce chaleur aux joues. Son ventre se serre tandis qu'elle se formule la conclusion qui en découle : sans doute faut-il toujours que je sois entre elle et Guillaume pour qu'elle s'autorise à le désirer.

Ce soir, j'ai un dîner à la maison, viens, écrit-elle. Trois secondes plus tard, il envoie : *J'aimerais mieux te voir seule. Demain ?* Elle répond : *Si tu veux.*

Le téléphone au creux de la main, elle s'attendrit sur elle-même. Elle se dit que le personnage central de cette seconde histoire racontée de mon point de vue sera bien entendu Morgane, et elle connaît trop Guillaume pour douter de la manière dont il investira sa nouvelle héroïne. Du coup, ces « souffrances » et ces « drames » que je suis censé avoir prédits à son coiffeur, ne seraient-ce pas ceux auxquels elle s'expose, à cinquante-trois ans, en ayant introduit dans la cellule familiale une jeune fille qui embellit à mesure qu'on lui témoigne de l'intérêt ? L'idée qu'elle se soit, au bout du compte, fabriqué une rivale à partir d'un faux en écriture la fait sourire au milieu de ses bilans comptables, dans un élan d'autodérision qu'elle me dédie.

Reste à savoir si les ressorts sensuels de sa bonne conscience et de sa mansuétude s'accommoderont de la situation, lorsqu'elle découvrira la vraie raison du retour de Guillaume.

En jogging polaire sous sa doudoune, Morgane déboule dans la rue au pas de course et s'arrête net. Devant l'immeuble, appuyé sur le caddie plein de livres qui, ce matin, lui sert de déambulateur, le doyen de la quincaillerie est en train de parler aux gamins qui fument sur le trottoir.

– Maintenant, vous pourrez dire quel homme c'était, Alphonse de Lamartine : paralysé dans ses vieux jours et sans-abri, tellement il avait tout donné aux autres. La seule chose heureuse de sa vie, si on y regarde, c'est d'être tombé amoureux de la petite Julie, une tuberculeuse en cure ici, qui y a fait pleurer à sa mort des vers si magnifiques sur notre lac du Bourget…

Il se penche vers le chariot où il a fixé une grande pancarte : « Bibliocaddie – Don de Super U. »

Avec des gestes solennels de distribution des prix, il remet à chaque môme trois livres de poche.

– Pour vous et pour vos connaissances. Je repasserai mercredi, si vous voulez me les rendre. Si vous préférez les garder, les donner ou que je vous en offre d'autres, ça me va aussi : c' qu'y faut, c'est que ça circule. Il l'a bien mérité, notre Lamartine. Alors, comme ça, tu vas faire ton sport ? enchaîne-t-il en se tournant vers Morgane. C'est urgent ou tu as le temps d'aller rendre une visite avec moi ?

Elle regarde d'un air décalé le vieux bibliothécaire des rues, son chariot en plastique bleu, les gamins qui feuillettent les livres d'un air attentif, cherchant un échantillon de drogue.

– Oui, bien sûr, Alphonse ! répond-elle en se calant sur son ton dynamique, mal réveillée et le crâne embrumé par le marc de Savoie. Faut juste que je sois à la fac pour 14 heures.

– Oui, oui, j'ai bien compris que tu dois finir tes études avant de reprendre la quincaillerie. J'essaierai de tenir, ajoute-t-il finement avec un soupir de longévité forcée. Tu es garée loin ?

– Juste en face. Je remonte chez moi prendre la clé.

– Tu aurais la place pour que j'y laisse ma chariote ?

– Bien sûr, venez.

Il la suit dans le hall de l'immeuble, ses roulettes tressautant sur les joints du vieux carrelage.

– Je suis bénévole à l'association Lire et faire lire, explique-t-il en entrant dans l'ascenseur. Ça m'occupe, les jours où Fabienne n'a pas besoin de moi. Super U nous sponsorise et la maison Hachette fournit les livres.

Morgane appuie sur le bouton de l'étage et grimpe les marches quatre à quatre pour arriver avant lui au cinquième.

– Je suis spécialisé en Lamartine car je porte son prénom, poursuit-il en sortant de la cabine. Il n'y a pas de hasard : à ma naissance, on m'a trouvé abandonné sur le banc où il avait écrit « Le Lac » – tu sais : « Ô temps, suspends ton vol ! » – en hommage à sa tuberculeuse chérie. C'est pour ça que je m'appelle Alphonse Dulac. On a beau dire, la vie est bien faite.

Elle pousse sa porte en opinant.

– Ça passera juste, la rassure-t-il après avoir forcé l'ouverture du battant pour que les montants du caddie ne rayent pas trop le bois. Oh ! c'est gentil, ça.

Il s'est arrêté, ému aux larmes, devant la cheminée condamnée où trois roses séchées transforment en vase la bouteille de marc vide.

– Non seulement tu l'as bu, mais tu l'as fleuri. Je peux te dire que ton arrière-grand-père, il est fier de toi. Tu as une sacrée descente.

– Je n'étais pas seule, se défend-elle.

– Je sais, glousse-t-il en enfonçant le cou dans les épaules, ton frère m'a raconté. Tu nous l'as rendu dans un état, dis donc, je ne te félicite pas. Je suis monté lui déboucher sa douche, à 10 heures passées, j'y ai mis plus de cinq minutes à le tirer du lit. Moi, au contraire, je n'ai pas fermé l'œil à cause de la visite qu'on va rendre. Mais je me sens obligé, par rapport à ton papa.

– Vous m'emmenez loin ?

– Non, non, sur la route de Chambéry. Je ne te dis rien, c'est une surprise. Mais ne tardons pas, comme ça on arrivera pour la coupure de midi. Y aura moins de monde.

Il gare son caddie contre la bibliothèque, glisse en douce trois recueils de Lamartine au milieu des livres de science, puis s'approche du frigo où il vient d'apercevoir ma photo accolée à celle de Marie-Pa.

– Je comprends que tu aies coupé ta grand-mère, se contente-t-il de commenter par pudeur.

Elle le rejoint avec sa clé de voiture. Il désigne les doigts de Jeanne-Marie posant la couronne en carton doré sur la tête de sa fille.

– Ils étaient beaux, tous les deux, soupire Morgane en nous regardant.

Il acquiesce, lui presse une main respectueuse sur l'épaule.

– La Fabienne, il l'a bien aimée aussi, tu sais. Mais elle n'y a jamais rien compris, à son Jacques. C'est la femme de tête, comme on dit, toujours à son labeur pour prouver qu'elle vaut mieux que ce qu'on croit, alors que lui, c'était le contraire : le cœur sur la main et un grand poil dedans. Tout pour la rêverie, quoi. La bonne mesure, dans un commerce, c'est toi. Je t'ai bien observée, au cimetière : les pieds sur terre, mais la tête qui parle aux nuages. Eh oui. Parce que le client, si tu ne prends pas le temps d'y causer de tout et de rien, il va chez Bricomarché.

– Je peux venir comme je suis ? demande-t-elle en désignant son jogging.

Il répond que c'est l'intérieur qui compte. Je suis en train de capter ce qu'il mijote et ça me contrarie vraiment. Me projeter dans le futur n'est pas de mon ressort, mais je ne sens pas du tout la rencontre qu'il a décidé de provoquer. Morgane a déjà trop de bouleversements à gérer pour qu'on lui crée des confusions supplémentaires.

Par association d'idées, je me retrouve dans la chambre de Lucien. Il a déjà annulé trois rendez-vous, refilé ses clients à ses programmateurs. Aucune envie de quitter sa chambre. Sa boîte marche toute seule, son équipe assure le suivi, son absence ne met rien en péril. Il n'arrive pas à s'arracher à la contemplation du blob. Il a disposé deux tas de corn flakes broyés à chaque extrémité du Tupperware, afin de voir si le clone de Toshi se développe dans les deux directions en même temps. Une expérience à laquelle sa demi-sœur n'a peut-être pas songé. Il adorerait marquer des points sur son territoire à elle.

La sonnerie du portable le fait sursauter. Ce n'est pas le thème de *Mission impossible* auquel il a associé le numéro de Morgane. De toute façon l'écran affiche « Appel masqué » : il ne les prend jamais. Il passe dans la salle de bains pour avaler une troisième aspirine, plisse le nez sous l'odeur du Destop qu'Alphonse a versé dans la canalisation. Il retourne écouter sa messagerie, se fige.

– Ouais, salut, c'est Damien Bordes – enfin, le Gilles de Gilles et Joan. Faudrait que je te voie par rapport à ta sœur, c'est assez urgent. Je suis de permanence au rond-point jusqu'à 13 h 30, merci.

Il saute dans un jean, dévale l'escalier, traverse la quincaillerie pour embrasser de loin sa mère qui finalise une vente, et fonce en scooter jusqu'à la gare. Il ne cherche pas à deviner ce que lui veut ce tocard. Il n'a qu'un objectif : le dégager.

Assis sur un pliant devant son réchaud à gaz, le déneigeur en grève tient le rond-point tout seul, ce matin, les pieds dans la gelée blanche que le soleil caché par les façades n'a pas encore fait disparaître. Bonnet jusqu'aux sourcils et gilet citron enfilé par-dessus la parka, il tue le temps en saluant du bras les sympathisants qui klaxonnent leur soutien, ralentis par les plots qu'il a disposés autour du carrefour.

– T'es super cool d'avoir speedé comme ça, se réjouit-il en voyant mon fils se faufiler entre les massifs de buis, les trois palmiers nains et les banderoles.

Lucien lui serre la moufle.

– Alors, il se passe quoi ?

– Sans déc', il m'arrive un truc génial et chiant à la fois, qui me prend la tête un max à cause de ta sœur.

– Allez... Me dis pas que tu t'es fait pécho par une autre !

– Non, c'est par rapport à notre chanson. Tu la connais ?

– Elle dépote, complimente mon fils après trois secondes de flottement.

L'autre pousse un long soupir en remettant son mug à chauffer.

– Justement. On cartonne à mort sur YouTube, du coup y a un label qui m'a contacté.

– Génial !

– Ouais, mais ça crise. Ils kiffent ma musique, par contre ils coincent sur les paroles de ta sœur. Et pour le clip, ils trouvent qu'elle a pas le profil. J'veux dire : Warner est prêt à me signer, mais tout seul. Putain, font chier !

Il se lève pour aller remettre à sa place le plot filtrant qu'un non-sympathisant vient de renverser exprès avec son pare-chocs. Lucien le suit, émerveillé par ce qu'il a entendu.

– Donc, voilà. Tu peux m'arranger le coup avec ta frangine ? Tu mets tout sur le dos du label.

Mordant ses joues pour réprimer son sourire, le chargé de mission s'efforce de la jouer cas de conscience, tiraillé entre la solidarité masculine et l'honneur de la famille.

– Elle va le prendre très mal, soupire-t-il, je la connais. Je veux pas parler pour elle, mais tu risques de te faire jeter.

– J'me doute. D'un autre côté, de moi à toi, ça serait pas plus mal. J'veux dire, c'est pas contre elle, mais elle est zarbi, ta sœur. Un jour elle kenne comme une malade, un jour elle gueule si tu la touches.

– On en reste là, OK ? le recadre Lucien, très froid. Je transmets ta demande et je te dis. Salut.

Le musicien le retient, la voix suppliante :

– Je compte sur toi, gars. L'important, c'est qu'elle fasse pas capoter la négo. Ça m'emmerde pour elle, mais une chance comme ça, dans la vie, on n'a pas le droit de passer à côté…

– Tu m'étonnes, marmonne-t-il.

Il a pris un air de morosité envieuse, pour être crédible aux yeux du futur labellisé. En réalité, il éprouve une fierté dérisoire à la pensée du merveilleux destin qu'il a offert à ce crétin, sans le savoir, avec son moteur de *likes*.

– Je te revaudrai ça, mec, je suis un gars réglo.

– Ça marche. L'essentiel, c'est de pas la faire souffrir.

Le compositeur acquiesce avec vigueur avant de rebondir, par souci de clarté :

– Mais faudrait pas non plus qu'elle demande des droits sur le nom, si Warner engage une autre à sa place. OK ? Ça fait partie du deal.

– Normal.

– Ce qui serait bien, c'est qu'elle signe un papier de renonciation.

– Pourquoi ? C'est elle qui l'a trouvé, Gilles et Joan ?

– Ouais, mais en se marrant. On tournait autour, on lançait douze mille noms pendant qu'on bouffait des pizzas dans son plum…

– OK, coupe Lucien en remettant son casque. Je te donnerai sa réponse, à plus.

Et il rabat l'écran opaque pour donner libre cours au sourire qu'il n'arrive plus à comprimer. Quel enfoiré ! ressasse-t-il en jubilant de gratitude. Il ne touche plus terre sur son scooter. Ça lui a fait un bien fou de jouer au grand frère devant un tiers ;

ça l'a replongé dans le rôle qu'il s'était assigné au départ : pygmalion, protecteur, responsable... Mais l'idée de savoir Morgane libre, sans même qu'il ait eu besoin de faire le vide autour d'elle, réactive l'excitation contre laquelle il s'efforce en vain de lutter depuis la veille.

Il se ressaisit au feu rouge. Il se raisonne, il prend des résolutions. Il ne lui téléphonera pas avant la fin de la journée, voilà. Histoire de laisser infuser ses scrupules et de prendre un peu de recul. Tout en jouissant de la situation qu'il s'interdit d'exploiter.

Sans repasser par la quincaillerie, il fonce sur la rampe au-dessus de la voie ferrée en direction du Grand-Port. Il va s'immerger dans ses logiciels et, ce soir, quand ses collaborateurs auront quitté l'open space, il se commandera des sushis et une geisha en ligne. Comme avant. Comme si rien n'avait changé. Comme s'il était toujours fils unique.

– On arrive, mets ta flèche, conseille Alphonse, la tête inclinée sur la gauche pour ne pas trop heurter le toit à chaque ralentisseur qu'ils franchissent.

Morgane arrête sa petite Panda entre deux énormes bolides aux teintes criardes. Assez embarrassée, elle regarde les baies vitrées de la concession Lamborghini.

– Alphonse, non, proteste-t-elle gentiment en lui posant la main sur le bras. C'est adorable de la part de Fabienne, mais il n'en est pas question. Ma Panda, c'est le cadeau de maman pour mes dix-huit ans. Je sais bien qu'elle fait ringue, mais je la garderai tant qu'elle roule.

Sa réaction me touche. Le résultat du test ADN, l'accueil sans réserve de ma famille, le don des actions du casino l'ont installée dans une logique de conte de fées où plus rien ne l'étonne. D'abord déçu par cette fin de non-recevoir, le vieux comprend la méprise et lui balance un coup de coude qui la projette contre sa portière.

– Mais non ! rigole-t-il. On ne vient pas pour les autos, nigaude, on vient pour le vendeur.

– Le vendeur ?

– Oui, c'est quelqu'un qui… – comment te dire sans te dire ?

Il s'accorde un temps de réflexion, le nez entre ses mains jointes.

– Disons que c'est quelqu'un que je dois te présenter, parce qu'il est né juste après la mort de ton papa.

– Il est de la famille ?

– Non, mais on va dire que c'est un proche. C'est bien que tu le rencontres, pour voir si jamais il se passe quelque chose. Je me le reprocherais trop, sinon. On ne sait jamais, dans la vie, tu sais. Mais ne me fais pas causer plus : c'est une surprise.

Intriguée, elle descend pour l'aider à sortir. Il se déplie avec effort, s'appuie sur son épaule pour se mouvoir jusqu'au show-room tendu de moquette écarlate.

– Adieu mon grand, tu as deux minutes ? beugle-t-il depuis le seuil. J'ai quelqu'un pour toi.

Sergio, qui expliquait respectueusement à une cliente en burqa le système d'ouverture des portières papillon, se retourne d'un air importuné, et son visage de bellâtre en service se détend quand il découvre la jeune fille.

– C'est trop italien, en profite pour conclure le mari de la burqa. Une femme, il vaut mieux une Porsche.

– À votre convenance, Votre Excellence. Je reste à votre disposition pour un essai sur route, en cas.

Le concessionnaire raccompagne avec déférence le couple jusqu'à son Audi noire à chauffeur, puis revient vers Morgane en déboutonnant sa veste cintrée.

– Ah, ces Qataris ! se plaint-il sur un ton d'indulgence coloniale. Vous regardez un peu trop dans les yeux les dix centimètres de féminité visible pour vérifier si vous êtes clair dans vos explications, et d'un coup Monsieur trouve que c'est plus hallal chez Porsche.

Fier de son petit couplet féministe destiné à montrer qu'il n'est pas résumable à sa virilité latine, il serre longuement la main de sa visiteuse.

– Je suis ravi, mademoiselle, d'habitude Alphonse ne me présente que des tondeuses, module-t-il en haussant les sourcils pour prouver que l'étendue de son charme n'exclut pas l'humour. Sergio Lupardo, propriétaire des lieux. En quoi puis-je vous être utile ?

– Tu la remets ? questionne le contrôleur karmique d'un ton appuyé en sondant le regard de son protégé.

– Eh bien..., pour être franc, si on s'était rencontrés, je m'en souviendrais, grasseye-t-il en évaluant du coin de l'œil le châssis de la jeune fille.

– Vraiment, elle ne te dit rien ? le titille Alphonse.

– Je n'irais pas jusque-là, marivaude le Latino.

– C'est pas de ça que je cause ! s'agace d'un coup son ancien baby-sitter en haussant les épaules. Demande-toi *de l'intérieur.*

Je réprouve sa démarche, mais je comprends son insistance. Consciente de l'ascendant qu'il a toujours exercé sur ma famille, Thérèse Toussaint lui avait fait jurer de me « raccorder » aux miens s'il s'avérait qu'elle avait bel et bien réussi à transférer mon esprit dans le petit Sergio. Pendant plus de vingt ans, cette promesse lui a servi d'enjeu, de raison de vieillir malgré la retraite et l'arthrose. Mais, en dépit de ses efforts de diplomatie et des craques qu'il racontait à la vieille bouddhiste, toutes ses tentatives de « raccordement » se sont soldées par des échecs. Jamais le courant n'est passé. Pas moyen de faire entrer Sergio dans le cœur de ma veuve, de mon fils ou de ma maîtresse. Personne ne me reconnaissait en lui, malgré ses « expressions à la Jacques », son attirance pour les fesses charnues et sa manie de pisser sur les limaces, qui du reste lui était passée avec la puberté.

Tous les râteaux pris par Alphonse auraient dû le convaincre que la migration de mon âme avait échoué ; ils n'ont fait que souligner à ses yeux ses maladresses d'intermédiaire. Moyennant quoi, il se sent toujours une dette envers ce gamin qu'il a tenté d'élever à ma ressemblance. Le mettre en présence, aujourd'hui, de ma bâtarde reconnue par la science est son ultime façon de tenir son engagement envers sa vieille amie – la dernière chance qu'il laisse à Sergio de faire ses preuves.

– Quel effet ça te produit, relance-t-il, quand tu la regardes ?

– Un effet certain, concède le vendeur de *dream cars* en matant la jolie proie que lui a rabattue le vieux.

Il se dit que la maison Lormeau ne recule devant rien pour placer ses produits. Et il ajoute à l'ironie de ses sourcils un regard prometteur pour la demoiselle. Atterrée, Morgane cherche des sous-titres dans les yeux d'Alphonse qui, focalisé sur les réactions de son porte-Jacques, se rengorge :

– Ah, quand même ! En apparence, vous avez le même âge, ce qui est trompeur, je te l'accorde, mais tu me confirmes bien que tu ressens quelque chose pour elle au niveau de la fibre.

– « Qu'en termes galants ces choses-là sont dites… », souligne le concessionnaire d'un ton d'élégance graveleuse, en prenant Morgane à témoin.

– « Mises », corrige son mentor, content de voir que les vers dont il l'a gavé durant ses années de baby-sitting ont laissé quelques traces. Je parlais de la fibre comme on dit maternelle ou paternelle, bien sûr, pour te mettre sur la voie, mais je n'en dirai pas plus : je vous laisse causer. D'ailleurs, je n'ai pas bien dormi, je vais m'accorder une petite sieste, si tu permets. Laquelle tu me conseilles ?

Ôtant son béret pour recoiffer les épis latéraux qui constituent sa chevelure, il parcourt du regard les bolides rutilants qui s'alignent en décalé dans le show-room.

– Mets-toi dans l'Urus, suggère Sergio avec un coup de menton, c'est là que tu auras le plus de place pour les jambes.

Alphonse s'approche d'un de ces gros 4×4 de loisir qu'ils appellent maintenant des SUV.

– Et y a des mabouls qui mettent ce prix dans un engin pareil ! s'extasie-t-il après un coup d'œil à la fiche technique posée sur le pare-brise. Tu ranges deux brouettes et c'est fini. Cent vingt mille euros pour de l'utilitaire qui sert à rien, on marche vraiment sur la tête !

Morgane le rejoint soudain et glisse entre ses dents :

– C'est quoi, ce plan ?

– C'est dans l'intérêt général, chuchote l'agent de raccordement avec une mine de comploteur. Fais-moi confiance.

Morgane sent son ventre se serrer. Elle se dit que, sous ses dehors perchés, Alphonse a perçu les sentiments ambigus qu'elle éprouve pour Lucien. L'« intérêt général » consisterait-il à lui proposer un beau mec sexy comme soupape de sécurité ? Elle s'apprête à le recadrer, mais le vieux enchaîne d'une voix de plus en plus basse :

– Il n'est pas impossible, vois-tu, que le papa qui

t'est tombé du ciel se trouve en réalité stocké dans cet olibrius. Ni que ta présence y déverrouille d'un coup la mémoire de sa vie d'avant. Alors ne dis rien, sois juste comme tu es d'habitude et laisse-le venir. D'accord ? Tu observes bien ses réactions et ce que tu ressens dans ton cœur, et tu me raconteras.

Elle reste un instant interloquée, puis lui rappelle avec une gentillesse indulgente :

– Mais… ça n'existe pas, Alphonse, la réincarnation.

– On verra bien. Allez, à tantôt, prenez votre temps.

Il se dirige vers le SUV, monte à l'arrière, enlève ses godillots, s'allonge en chien de fusil sur la banquette, étale son béret sur sa figure et referme la portière en glissant le pied dans l'accoudoir. Complètement décontenancée, Morgane revient sur ses pas.

– Qu'est-ce que je peux pour toi, alors ? attaque Sergio. C'est lui qui te parraine, ou tu lui as demandé de te brancher ?

– Comment ça ?

– Tu cherches un stage, une formation à la vente, un boulot d'hôtesse ?

Mal à l'aise, elle s'empresse de dissiper l'ambiguïté. Désarçonné par ce démenti qui ôte toute logique à la situation, il lance, suspicieux :

– Pourquoi t'es là, alors ?

Poussée dans ses retranchements, elle répond que c'est juste pour faire plaisir à Alphonse. Il sourit, rassuré. Il vient de comprendre.

– T'as raison, souscrit-il d'une voix rauque. Faut pas le décevoir.

Avec une délicatesse qui ménage ses effets, le concessionnaire lui prend la main et la pose lentement sur sa braguette, en lui laissant le choix des options. Elle ne réagit pas, tétanisée. C'est lui qui s'écarte d'un coup.

– T'es pas un piège, au moins ? Je me méfie, moi, maintenant, avec toutes ces mythos de chez MeToo.

Le regard de Morgane s'étrécit, son souffle se calme tandis que son pouls s'accélère. Les semaines d'horreur passées à imaginer les enfants victimes de l'homme qu'elle appelait papa, les cauchemars incessants d'où elle sortait en hurlant lui remontent à la gorge, se concentrent dans une rage froide, impossible à détecter de l'extérieur.

– Je me fais pas avoir comme ça, moi, je te

préviens, poursuit l'autre, inconscient du danger. Y a six caméras qui filment en permanence, OK ? Quand on me dit non, c'est non.

La main qui revient lui comprimer les burnes le rassure. Fausse alerte. Il se dit que c'est une pro, une escort prépayée sans embrouilles ni suites, et que le principe de précaution ne doit pas empêcher de saisir les opportunités. Le cerveau d'Alphonse est en train de couler une bielle, il le sait bien, mais il a toute confiance en lui et une attention aussi gentille ne se refuse pas, même s'il est en avance d'un mois. Désignant le gros SUV où son éternel baby-sitter fait semblant de dormir, il informe son cadeau d'anniversaire qu'il y a le même modèle en vidange-graissage dans l'atelier.

– Les autres fleurons de la gamme sont moins appropriés, question habitacle, justifie-t-il avec des inflexions romantiques en lui palpant les fesses. Mais on a juste dix minutes avant que les mécanos reviennent de la pause.

Sans réaction ni commentaire, Morgane se laisse conduire du bout des doigts jusqu'à l'arrière du garage. C'est elle qui ouvre la porte du gros véhicule gris mat surplombant la fosse de vidange. Il se laisse asseoir sur le siège passager et lui lance un regard de braise quand elle se penche pour examiner les commandes disposées sur le côté de l'assise.

– Inclinaison, chauffage, massage, lui précise-t-il en mettant le contact. Tu enlèves juste le bas et tu t'empales sur ma teub.

Le grésillement léger du mécanisme électrique ponctue sa demande.

– C'est dans l'autre sens pour allonger le dossier, l'informe-t-il sur le même ton. Là, tu le rabats.

– Oh pardon, répond-elle d'une voix neutre. Tu sais ce que c'est, les femmes et le sens de l'orientation…

Il compatit d'un petit rire qui se coince quand son fauteuil chauffant commence à se replier sur lui.

– Hé, qu'est-ce qui te prend ?

– C'est le souci avec les sièges à mémoire, fait-elle en accentuant la pression sur le bouton.

– Non, mais arrête, ça m'écrase la queue !

– Cinq minutes de gril et ça fera hot-dog, le rassure-t-elle.

– Bordel, mais t'es dingue, tu…

La voix du garagiste s'étouffe en gargouillant dans le rembourrage du tableau de bord. Le calme sadisme avec lequel elle le regarde disparaître entre les mâchoires de son siège ne me surprend pas vraiment. Libérée de l'angoisse de porter les gènes d'un prédateur, elle se livre en toute sérénité à un acte de justice vengeresse.

– Une pensée pour toutes celles que tu as niquées de force dans tes bagnoles, OK ? susurre-t-elle d'une voix doucereuse sans relâcher sa pression sur la commande.

Face à la résistance du corps comprimé, le mécanisme électrique émet un son de plus en plus aigu.

– Tu as vu le film *Christine* ? reprend-elle.

Le bredouillis désespéré qui lui répond diminue peu à peu en intensité.

– La voiture qui assassine les indésirables, lui souffle-t-elle. Ça serait une jolie fin pour toi, non ?

Un claquement arrête la torture, suivi d'une étincelle sous le siège et d'une odeur de brûlé.

– Suspense, commente-t-elle d'un air suave. Ou ça interrompt ta cuisson, ou tu crames avec la caisse. Combien de temps, tu disais, avant que tes mécanos aient fini leur pause ? Bonne chance.

Elle se redresse, tombe nez à nez avec Alphonse qui, immobile, son béret à la main, la contemple d'un air grave. Une larme sillonne ses rides tandis qu'il lui confie d'un ton de fierté émue :

– J'aurais pas fait mieux.

Et il l'écarte doucement, claudique jusqu'au tableau de bord où il s'appuie pour se pencher vers le passager compacté.

– Quand je pense ! Toutes ces années à essayer de faire de toi un vrai Jacques, pour que tu mérites la peine que s'est donnée Thérèse… Et c'est comme ça que tu me remercies ? En traitant cul par-dessus tête l'innocente que je te présente comme la chair de ta chair d'autrefois ? Maintenant j'ai la preuve : y a jamais eu de Jacques en toi. Je te prenais pour un récipient sacré, un sanctuaire, tu es juste une boîte vide ! Allez, sors de là !

Campé sur ses jambes vacillantes, il sollicite toute la puissance résiduelle de ses bras pour l'extirper. Morgane lui prête mainforte, et ils désincarcèrent le garagiste qui roule sur le sol graisseux en couinant :

– Vous êtes complètement tarés !

Alphonse le calme d'une pression de semelle sur le plexus.

– Si tu essaies d'y faire le moindre ennui, je vais tout raconter aux gendarmes : agression de jeune fille et légitime défense. Venant de moi qui suis croix de guerre et Mérite agricole, je te rappelle, autant dire que ton compte est bon.

– Mais je croyais que c'était mon anniversaire ! se défend l'autre dans un sanglot nerveux.

Alphonse et Morgane échangent un regard perplexe devant le caractère surréaliste de cette circonstance atténuante.

– Eh ben mon pauvre, conclut le vieux, si tu échappes au gnouf, c'est pour la camisole. Ah, voilà tes gars !

Saluant les mécanos qui arrivent par l'arrière de l'atelier, gobelet de café en main, il leur explique que le patron a eu un souci technique avec la sellerie de l'Urus. Le sourire solidaire que tourne vers Morgane une jeune Antillaise en bleu de chauffe suffit à justifier à ses yeux la correction qu'elle vient d'administrer.

Tremblant de stupeur, le concessionnaire reprend des couleurs entre les mains de ses employés mâles, arrêtant d'un geste l'élan d'un rouquin qui sortait son portable.

– Belle fin de journée, lance Morgane à la cantonade. N'oubliez pas d'effacer la vidéo de surveillance : l'incident est clos, en ce qui me concerne.

Et elle béquille Alphonse jusqu'au parking extérieur, vibrant du rire silencieux qui secoue le vieil homme. Arrivé devant la Panda, il avale une grande goulée d'air pour reprendre son sérieux, puis la dévisage un long moment avec ferveur avant de conclure :

– Tu es bien la fille de ton père.

Et j'ai peur que, malheureusement, la situation ne lui donne raison. J'ai reconnu le regard avec lequel Morgane contemplait la cuisson à l'étouffée de sa victime. La même expression qu'avait Yves d'Arven lorsqu'il évoquait ses crimes au parloir devant son avocat. Tout ce que je peux espérer, c'est que mon hérédité, sur laquelle désormais elle se fonde, servira d'antidote au poison contenu dans ses gènes.

Le retour s'effectue dans un silence pesant. Alphonse se reproche son aveuglement de tant d'années et Morgane, atterrée après coup par la violence paisible qui s'est emparée d'elle, n'aspire qu'à retrouver son frère pour lui confier ce qui vient de se passer.

Lorsque les roseaux givrés laissent entrevoir le lac en lisière de la route, le vieux sort de son mutisme inhabituel.

– On a si fort envie d'y croire, hein, que la mort c'est juste un nouveau départ. Moi, tel que tu me vois, je me faisais une joie de revenir un jour sur Aix dans la peau d'un gars tout frais qui se ferait engager par Madame Fabienne, comme ça j'aurais continué à veiller sur elle sans qu'elle s'en doute, jusqu'à son terme. Parce que si tu pars du fait que le quincaillier honnête comme ton papa se reconditionne en gigolo millionnaire, y a de quoi se dire que tout est possible pour le moins-que-rien comme moi qui ne demande qu'à rempiler.

Il marque une pause, les yeux plissés, compte machinalement les têtes de cyclistes sur la berge en contrebas.

– Mais je n'y crois plus, maintenant. Il me reste quoi, comme objectif, à quatre-vingt-dix-huit ans et demi ? L'enfer, j'y aurai pas droit, avec tout le bien que j'ai voulu faire même quand j'y ai mal fait. Non, la seule chose qui m'attend, allez, c'est le paradis que les Frères maristes nous racontaient à l'orphelinat, quand on était sages, avec les anges et les trompettes, ici repose et patin-couffin – l'éternité, comme ils disaient. Ça te fait envie ? Moi non. C'est quoi, l'éternité, en fin de compte ? Un chômage longue durée.

Morgane met son clignotant, double un camion, se rabat, répond :

– Moi, ce que je pense, c'est qu'il n'y a ni paradis ni enfer. Il y a toi, c'est tout. Mais tu n'es pas seulement ce que tu as été ou ce que tu as fait. Tu es aussi ce que tu aurais voulu être, ce que tu n'as pas réussi à faire, ce qui te blesse ou qui te fait peur, tes croyances et tes refus… Et ce que les vivants gardent de toi.

Alphonse se tait un instant, interrogeant les mots dans sa bouche comme on goûte un vin.

– Remarque, ça fait du monde, conclut-il avec un regain d'optimisme.

– En tout cas, c'est comme ça que je sens maman. Et Jacques, surtout, depuis que je suis sa fille.

Je ne puis que valider. Mon état d'esprit actuel est si conforme à sa pensée qu'il en est peut-être le produit. Si tout le monde mesurait combien les morts dépendent des ressentis terrestres, jusqu'à temps qu'on les oublie… Après, ils se débrouillent. Pour autant que je sois habilité à parler au pluriel.

– Mais ceux qu'on a aimés, alors, tu crois qu'on les y retrouve ?

– Ça dépend, répond-elle dans un retour de tristesse. Ça dépend du genre d'amour. Ça dépend où il te mène.

Elle se revoit blottie contre Lucien, dans cette confiance fraternelle aussi franche qu'ambiguë, et soupire :

– Je pense que l'amour, c'est comme la mort : ça ne résout rien.

Je préférerais qu'elle croie le contraire, mais j'en suis la preuve – j'allais dire : vivante.

– Je vous dépose quelque part, Alphonse ?

– Ben oui, chez toi. J'ai laissé ma chariote.

*

En entrant dans le studio, il lâche l'épaule de Morgane pour s'appuyer sur le caddie. Mais un gros coup de fatigue lui tombe dessus. Il demande à s'asseoir. Inquiète, elle déplace deux classeurs et son sèche-cheveux pour l'installer sur le canapé.

– C'est que je comptais faire une vraie sieste chez Lamborghini, s'excuse-t-il.

– Pas de souci, reposez-vous le temps qu'il faut, vous tirez la porte en partant. Ça ira pour rentrer chez vous ?

– Oui, oui, ça descend. Mais je t'embête.

– Pas du tout. Faut juste que je file au Bourget-du-Lac, y a une AG qui m'attend.

– Décidément, tu passes ton temps à t'occuper des vieux.

– Non, là c'est une assemblée générale à l'UFR – l'université où je fais mon doctorat. On est en grève pour les retraites.

– Vous êtes un peu jeunes, non ? Pour moi, la retraite, c'est la pire chose de la vie.

– Tous les gens n'ont pas la force ni l'envie de travailler à quatre-vingt-dix-huit ans.

– Je les plains. Allez, va te rendre utile, c'est bien.

Elle lui donne une brique de jus d'orange, une tablette de chocolat, va troquer son jogging contre une robe en laine. Quand elle repasse devant lui, il dort assis à poings fermés, l'air consciencieux, les bras croisés, le dos bien droit. Elle sort sur la pointe des pieds sans faire grincer la porte.

Avenue Victoria, à la hauteur de la poste, elle tourne à droite vers la place du Marché pour éviter le rond-point. En principe, son Gilles n'est pas de service l'après-midi, mais il serait bien capable, pour une fois, d'être imprévisible. Les petits cœurs rouges, l'arc-en-ciel et la libellule qu'il lui a envoyés à trois reprises dans la matinée en guise de textos ne laissent pas de l'inquiéter. Manquerait plus qu'il décide de s'accrocher à elle parce qu'il est jaloux de son frère – ou pire : intéressé par le chiffre d'affaires de sa start-up, qui a viré cinq mille euros sur la cagnotte Leetchi créée pour soutenir les Gilets jaunes de Savoie.

Après avoir roulé six cents mètres en direction de la fac, elle se range sur le bas-côté. Penser à Lucien par ricochet suffit à réveiller le manque. Il aurait pu appeler, quand même. Elle éteint le moteur et attrape son téléphone. Répondeur.

– Oui, frérot, je voulais savoir si tu avais bien résisté au marc. Moi c'est nickel. On se parle quand tu veux. Bisous.

Elle raccroche, se laisse aller contre l'appuie-tête. Voilà. C'est bien ce qu'elle craignait. Cinq secondes d'annonce où il informe de son absence et ça y est : elle est toute chavirée, décalée, sans prise. Elle pousse un long soupir, renonce à l'AG et fait demi-tour.

*

Dans son open space empli du silence grésillant de ses programmateurs sous EarPods, Lucien attend dix secondes avant d'écouter le message. Il le repasse deux fois, trois fois. Il a beau se faire violence, la voix de Morgane remue de plus belle le couteau dans la plaie.

Un de ses geeks l'appelle à la rescousse pour un problème sur un test de pénétration.

– Tu es là pour montrer au client les faiblesses de sa sécurité, pas pour tomber dans le piège, râle-t-il après l'avoir remplacé devant son écran.

– Ben justement, j'ai trouvé une faille.

– C'est un *honeypot*, ta faille.

– Ah merde.

– Ton *pentest* t'a fait glisser pile dans le pot de miel. Regarde, le système est en train de t'identifier pendant que tu penses t'y introduire en douce.

– Je fais quoi ?

– La prochaine fois, tu remplaces ton adresse IP par celle de sa femme : le client se dira que tu t'es fait gauler exprès pour lui prouver que ses pare-feux sont nases.

– OK, Lucien.

Il retourne à son poste de travail en bâillant. Ces astuces de clavier lui tombent des mains. Depuis que Morgane est entrée dans sa vie, il n'a plus le cœur à rien. Pas à ce genre de truc, en tout cas. Former des hackers de sécurité lui donne dix fois plus de boulot que lorsqu'il bossait tout seul. Victime du succès. Trop de contrats, trop de contraintes, trop de nullards. Il a fait le tour.

– OK, je rentre, dit-il en éteignant son ordi.

Lui qui part toujours le dernier, chassé par

l'entreprise de nettoyage. Ses collaborateurs le regardent s'en aller en début d'après-midi, bouche bée au-dessus de leurs écrans.

Sur le parking, Lucien déverrouille son scooter en contemplant les mâts qui s'agitent dans le port. Il éprouve soudain un besoin irrépressible de faire revivre son enfance – de la partager, du moins. L'image qui se forme dans sa tête est le plus beau des cadeaux qu'il puisse me faire. Mais s'il rouvre la salle aux trésors, s'il offre à Morgane ce que j'avais construit pour lui et dont il a si peu profité, alors je m'attends au pire. Le *honeypot*, comme il dit, risque bien de faire deux victimes.

L'inquiétude me ramène vers elle. La fréquence croissante des allers-retours que j'effectue de l'un à l'autre traduit l'accélération de leurs sentiments, préparant le terrain au drame qui pourrait s'ensuivre. Et j'en arrive à craindre que la fausse prédiction qu'on m'attribue ne soit en passe de se réaliser…

La dernière fois que je suis entré dans cette vieille église humide à l'odeur de cave et d'encens, c'était pour ma communion solennelle. Ce n'est pas là qu'on a célébré mon mariage ni mes obsèques. Douze ans de fermeture après l'effondrement de la nef. J'admire le travail de restauration à l'identique : la nouvelle voûte est raccord, déjà rongée de salpêtre.

Morgane se dirige droit vers le confessionnal de chêne sculpté, d'où s'extrait une pécheresse absoute avec son filet à provisions. Aussitôt, elle la remplace sur le prie-Dieu en velours râpé.

– Je vous écoute, mon enfant, soupire d'une voix résignée le vieux curé qui sort de table.

Morgane se referme. Ce n'est pas celui qu'elle espérait. Elle hésite un instant à repartir, mais, maintenant qu'elle est là, autant vider son sac. Tant pis pour lui. Elle expédie son acte de contrition, enchaîne :

– Bénissez-moi, mon père, je m'accuse d'avoir eu ce que vous appelez des pensées impures… Et pas que.

Avec un grincement de recul derrière le grillage de séparation, le curé chevrote, sur la défensive :

– Mais encore ?

– J'ai eu envie de me fader un inconnu. Et c'est vraiment tombé sur le bitard de base.

– Êtes-vous passée à l'acte ? s'enquiert le confesseur en faisant l'impasse sur les termes employés.

– Oui, mais pas comme je l'avais prévu.

– Avez-vous éprouvé du plaisir ?

– Lui non, en tout cas.

– Bien. Vous repentez-vous, ma fille ?

– Non, j'explique. C'était un produit masquant, ce mec, c'est tout. J'avais un désir pour quelqu'un d'autre que je ne peux absolument pas assumer, alors je me suis dit : autant qu'un inconnu en profite. Et puis ça a vrillé. Mais ça, c'est de sa faute.

– Autre chose ? s'enquiert le curé après un bref silence.

Morgane hésite à entrer plus avant dans les

détails. Ça le choquerait inutilement, et elle est venue pour être comprise, pas juste absoute.

– Tu es sur une place livraison, Étienne ; la fourrière est en train d'enlever la voiture devant la tienne.

Le vieux curé jaillit du confessionnal en bredouillant une excuse, remplacé aussitôt par le père Atoun, qui s'abat de ses cent vingt kilos sur la planche de bois en enchaînant :

– Sauvée par la Providence ! Bonjour, Morgane.

Elle sourit, soulagée, le remercie. Félix Atoun est le rayon de soleil de son enfance. Il lui a enseigné catéchisme et karaté, comme à moi autrefois. Libanais de naissance, il a fait la guerre, la paix, l'usine et l'unanimité contre lui dans la paroisse – en dehors des jeunes qui raffolent de son franc-parler, de ses kimonos du mercredi et de sa foi iconoclaste. Pour lui, Jésus est un révolutionnaire, le péché originel une faute de traduction commise par saint Augustin, et les miracles des Évangiles sont à prendre au pied de la lettre. C'est lui qui a déclenché l'arrestation d'Yves d'Arven, ayant brisé le secret de la confession quand la femme de ménage de l'anesthésiste lui a parlé de ses carnets intimes. Et il a soutenu Morgane jour et nuit dans les épreuves qui ont suivi.

– Tu disais ? lui glisse-t-il avec sa connivence bourrue en refermant sur lui le confessionnal. Ça avait l'air de bien choquer notre estimé curé.

– Il m'arrive quelque chose de terrible, Félix. De merveilleux, d'abord, et de terrible.

– Écoute, j'ai vu dans le journal, pour ce qui est du merveilleux. Jacques Lormeau était un fidèle, disons, un peu désinvolte, mais un gars vraiment bien. Je suis tellement heureux pour toi, et pour ta mère qui aura au moins connu ça dans sa vie. C'est quoi, le terrible ?

– Fabienne et Lucien sont formidables avec moi. C'est le frère dont j'ai toujours rêvé.

– Tant mieux. Je le connais à peine, lui. Alors ?

Un grand silence lui répond.

– C'est lui qui pose problème ? relance-t-il après dix secondes, sur la pointe de la voix.

– Oui. Je suis amoureuse.

C'est au tour du prêtre d'observer un silence de même teneur.

– Amoureuse… amoureuse ? finit-il par demander, l'encourageant à préciser.

– Non. Épatée, bouleversée, en osmose immédiate, envie de lui, besoin de ses bras, de sa peau, de son odeur… Moi qui suis bloquée de chez bloquée depuis septembre, vous le savez.

– C'est un transfert, la calme-t-il. Un abcès de fixation.

– J'aimerais bien. J'ai failli m'envoyer un connard de chez Lamborghini, à midi, pour évacuer le désir.

– Et alors ?

– Rien. Je l'ai fracassé, à la place, ça m'a fait du bien. Il est magique, Lucien. Vous n'allez pas me croire : au cimetière, quand il a laissé déterrer son père pour que je sache si c'était aussi le mien… il m'a regardée, je vous promets, comme si je faisais déjà partie de la famille. Du coup, vous savez quoi ? Mes règles sont revenues.

Le père Atoun pousse un long soupir, cherche dans les milliers d'expériences confiées par ses ouailles un équivalent qu'il ne trouve pas.

– Ce qui compte, mon enfant, c'est d'éprouver l'amour. Respecte-le, n'essaie pas de le salir pour qu'il soit moins fort et te laisse en paix. Au contraire. Renforce la beauté qui t'enflamme. Même l'excitation incestueuse peut être bonne, si tu sais la convertir en amour pur, joyeux, complice, sans culpabilité, noirceur ni crainte. Demande à la Vierge de t'aider. C'est la proximité du mal que tu as subie depuis ta naissance qui, devant l'évidence lumineuse d'un lien fraternel, te désarme et t'égare. C'est tout.

– Bon.

– Tu n'as pas l'air convaincue.

– Non, mais j'entends. Il faut que je trouve un mec encore plus craquant que mon frère pour ne plus avoir envie de lui sauter dessus, c'est ça ? Vous mettez la barre un peu haut.

– Dieu met toujours la barre un peu haut – quel intérêt, sinon ? Pardonne-toi, mais ne te complais pas, c'est tout ce que je peux te conseiller. Et savoure la confiance que t'inspire un être vivant, quels que soient les risques : c'est le cadeau le plus précieux au monde.

– Je sais.

– Rappelle-toi que la pulsion sexuelle, ça peut être une défense, aussi. Un instinct de protection face à la trop grande force de l'amour pur. Un petit fusible humain, c'est tout, qui arrête de se déclencher si tu l'identifies comme tel.

– Touchée-coulée, merci.

– Je te bénis au nom du Père, du Fils et du Saint-Esprit. Va en paix, Morgane.

– Et… pénitence, non ?

– Je pourrais te dire : deux Pater et trois Ave. Je préfère te conseiller Brassens. « Pénélope », par exemple : « N'aie crainte que le Ciel / Ne t'en tienne rigueur / Il n'y a vraiment pas là / De quoi fouetter un cœur / Qui bat la campagne et galope... » Ou Maxime Le Forestier : « Toi le frère que je n'ai jamais eu... » Chante-les en réfléchissant aux paroles. Et remercie d'aimer.

Elle avale sa salive, fait le signe de croix en se relevant, s'éloigne de trois pas, revient ouvrir la porte du confessionnal pour embrasser le prêtre.

– Sauve-toi ! sourit-il. Dans tous les sens du terme.

Je laisse Morgane marcher vers la sortie, légère et dense, à nouveau confiante en elle, réconciliée avec ce qui la dépasse. Sans le vouloir ni m'en inquiéter, je demeure sur place, figé dans le rayonnement du père Atoun. Je me sens si bien au contact de son énergie sereine et compréhensive.

– Je prie pour toi, Jacques, murmure-t-il. Veille sur cette belle personne qui revient de si loin.

J'ignore s'il a senti ma présence, ou si c'est juste son cœur qui parle dans le vide. Mais les vibrations qu'il dégage sont encore plus fortes que celles d'Alphonse. Et puis Mme Rumilloz vient s'agenouiller dans le compartiment pécheur pour vidanger sa conscience, détournant l'attention du prêtre avec un chapelet de griefs conjugaux plus proches de la délation que du repentir.

Je rejoins ma fille adoptée qui, sur le trottoir de l'église, parlemente avec le gars de la fourrière. Je ne figure pas dans ses pensées, pour l'heure, mais c'est l'instinct de protection qui me ramène à elle. Au moment où j'évoquais Alphonse, j'ai vu ce qui l'attendait dans son studio, et j'imagine tout ce que la catastrophe va déclencher en elle.

Il faudrait que Lucien la rappelle, là, tout de suite. Qu'il lui fixe rendez-vous, qu'elle ait au moins cette perspective en tête quand elle affrontera l'épreuve. Au moment où, par son sourire craquant de détresse, elle vient d'obtenir que le grutier décroche la Panda au mépris du règlement, son portable sonne et le prénom s'affiche. Était-ce une intuition de ma part, ou l'intensité de ma demande a-t-elle influencé mon fils ?

– Ne quitte pas, je dis merci au monsieur.

Un bisou sur la joue de la fourrière, et elle s'engouffre dans sa voiture, actionne le haut-parleur, démarre.

– Oui, mon Lucien, ça va ? Tu portes bonheur, dis donc : un ange gardien vient de m'éviter une prune à deux cents balles. Quoi de neuf ?

– Ton copain m'a appelé. Enfin, le Gilet jaune.

Elle crispe les orteils en enfonçant le pare-chocs arrière.

– Ah ouais, super. Qu'est-ce qu'il voulait ?

– Je préfère t'en parler en main propre.

– C'est quoi, ce lapsus ?

Un silence cramoisi s'installe de part et d'autre.

– J'ai un papier à te faire signer, précise-t-il d'un ton soigneusement neutre.

– Cool. Déjà l'ordonnance d'éloignement ? Bravo ! Comment il a pris le truc ?

– Pas trop mal. Tu peux venir, là ? Je suis rentré chez moi. Tu passes par le parking de la quincaillerie, côté rue des Lauzes, code F 4312. L'escalier sous le porche, quatrième, la porte à gauche au fond du couloir.

– Bien, chef. Je suis là dans trois minutes quinze.

Lucien raccroche, les joues en feu. Il enlève la poussière de son jean, jette un dernier regard autour de lui dans le grenier glacé parcouru de vents coulis et redescend l'échelle pour attendre sa *sœur* – la méticulosité castratrice avec laquelle il se répète le mot en boucle est aussi touchante que dénuée de résultats.

*

– Coucou ! claironne-t-elle en débouchant de l'escalier.

Ils échangent deux bises qui claquent dans le vide, les corps à bonne distance.

– Damien t'a parlé de moi, alors, vous vous êtes vus ? Allez, frérot, s'te plaît ! Raconte !

Elle en remet dans l'excitation enfantine ; c'est pour la bonne cause. Elle sort de confesse, quand même. Mais les pénitences du père Atoun n'ont fait que l'échauffer un peu plus.

– Tu lui as dit quoi ? Que j'avais craqué pour une fille ?

– J'suis pas entré dans les détails.

– Il n'a pas trop mal réagi ?

– Ça va. Juste il s'est pris un p'tit pain dans l'ego, c'est normal. Du coup, il ne veut plus bosser avec toi comme parolière.

– Super.

– Et donc il m'a dicté une lettre.

– De rupture ?

– De renonciation, dit-il en sortant la feuille de sa poche arrière. Comme quoi tu abandonnes tous les droits sur la chanson « Rond-point d'honneur », vu que tu reprends la propriété de tes paroles qui seront désormais dissociées de sa musique.

– En clair, il m'arnaque, conclut-elle avec un large sourire.

– Sauf que la chanson est passée à la radio, qu'elle est répertoriée comme telle à la Sacem et que, même s'il fait réécrire les paroles, tu toucheras ta part d'auteur original – je me suis renseigné.

– C'est quand même top, un grand frère. Tourne-toi.

Elle plaque sur son dos la lettre d'accord, signe les deux exemplaires, puis les lui replie dans sa poche fessière.

– Merci, mon Lucien. Tu me garderas un double avec sa signature ?

– Bien sûr.

– T'es vraiment un mec parfait. Et ma bouture, elle va bien ?

– Impec. Elle est sur ma table de chevet, je lui ai donné des corn flakes. Ça a l'air de lui plaire.

Elle le ramène face à elle et l'embrasse sur la bouche. Il se détache, atterré.

– Eh quoi ? sourit-elle. Y a pas de mal, entre frère et sœur.

– Oui, mais quand même... Faut que je m'habitue.

– À pas me voir comme une meuf ?

– Un peu, oui.

– C'est pour ça que tu me reçois dans le couloir ?

Il va protester, elle l'arrête de la main :

– OK. Je comprends.

– C'est un peu neuf, encore… Excuse-moi…

– Non, c'est moi, t'as raison. Mais c'est si bon d'avoir confiance. Jamais j'ai connu ça avec un homme.

Et elle se blottit contre lui. Il serre les dents, stoïque. Elle le renifle, lui dit qu'il sent le grenier. Avec un mouvement du menton, il propose :

– On monte ?

C'est elle qui se détache. Sur un petit ton diplomatique, elle lui fait remarquer :

– On est peut-être allés assez haut, non ?

Sans prendre la peine de dissiper l'équivoque, il précise son offre avec un brin de solennité :

– Je vais te faire remonter en enfance.

– On dit pas « retomber » ?

– Là, non.

Il fait trois pas vers la porte du fond, qu'il ouvre dans un frottement de parquet. D'un quart de tour sur le vieil interrupteur en porcelaine, il allume l'ampoule nue au bout du fil tressé, puis désigne fièrement l'échelle de meunier qui date de mon grand-père.

– Je te laisse monter la première.

Intriguée, elle retrousse sa robe et commence son ascension.

– Fais gaffe au cinquième barreau, il est vermoulu.

– Les autres aussi, non ?

Il grimpe derrière elle en s'efforçant de détourner le regard de ses cuisses.

– Oh putain ! s'écrie-t-elle en prenant appui sur l'abattant de la trappe.

Le plancher du grenier frémit sous ses talons. Il la rejoint dans la lumière des lucarnes tamisée par vingt ans de toiles d'araignées. Incrédule, elle regarde les immenses panneaux de contreplaqué où s'étalent un circuit de Formule 1 dans les Alpes suisses, un départ de régate au pied d'un château fort sur le Verdon, un camp apache canonné par les troupes du général Custer et un train électrique sinuant autour d'une île volcanique de l'océan Indien. Tout ce que j'ai mis des milliers d'heures à construire pour mon fils, qui a dû y jouer cinq ou six fois, par pure charité. On avait fini par faire week-end à part, lui sur sa console vidéo, moi devant mon chevalet dans la caravane au fond de la cour. Une fois par mois, Alphonse entretenait le grenier, comme il disait, faisant tourner les voitures, dérailler les trains, couler la rivière, tirer les canons et cracher le volcan… Apparemment, il continue, à ma mémoire, vu la bonne marche des divers mécanismes.

– Je le crois pas ! s'extasie Morgane. C'est notre père qui a construit ça ?

– Oui. Je trouvais ça consternant. Son côté gamin attardé, ça me gavait tellement quand j'étais môme… J'avais toujours l'impression que c'était moi, la grande personne. Et j'en rajoutais dans le sérieux pour qu'il comprenne ce que j'attendais de lui : qu'il m'apprenne la vraie vie, qu'il me guide dans le monde des adultes pour que j'oublie les moqueries et les rackets à l'école… Mais rien n'y faisait. Même maman s'y mettait, elle me dérangeait en pleine concentration sur une partie d'échecs en ligne pour me dire : « Sois sympa, va jouer avec ton père. » J'essayais de le faire grandir, et lui, tout ce qui l'intéressait, c'était de rajeunir sur mon dos.

– Tu te rends pas compte de la chance que tu as eue, murmure-t-elle en traçant un cœur dans la poussière de mon château fort. Tu es dur avec lui.

Je confirme. J'ai mal de tout ce que je viens de comprendre *a posteriori*. Tous ces griefs, tous ces remords de petit garçon trop mûr avec lesquels je l'ai abandonné au seuil de son adolescence. Toute cette détresse à laquelle il ne m'a jamais donné accès, vif ou mort, et que je sens si sincère, si intacte... Tous ces espoirs déçus qu'il avait placés en moi, pour que je l'aide à sortir de cet âge faussement tendre dans lequel, avec une sorte d'acharnement thérapeutique, je m'obstinais à le maintenir. L'enfance de Morgane, elle, les attouchements de son géniteur n'avaient eu aucune difficulté à la briser. Je suis fier de la manière dont aujourd'hui ils se réparent l'un l'autre.

Lucien a remis sous tension les transformateurs. Et les bourdonnements sourds ont redonné vie à mon rêve de père dans les yeux émerveillés de Morgane. Elle se déplace d'une table à l'autre, tâtonnant sur les tableaux de commande sous les explications approximatives de son frère qui, je trouve, aurait dû réviser davantage auprès d'Alphonse – lequel, au bout d'un quart d'heure, interrompt la guerre indienne par un appel téléphonique :

– Je viens de trouver ton numéro sur ta facture Orange. Tu m'as enfermé, cocotte !

Par-dessus les coups de canon de l'armée américaine fauchant les Apaches à coups de billes, Morgane se revoit tourner machinalement la clé dans la serrure en quittant son studio. Elle se confond en excuses et, d'un geste, ordonne à Lucien le cessez-le-feu.

– Désolée, j'ai une urgence.

– Tu dînes avec nous, ce soir ? On a invité ton oncle.

– Je ne lui parle plus. Il n'est même pas venu à l'enterrement de maman. De toute façon, ça ne serait pas raisonnable : je vais bosser toute la nuit, je suis très à la bourre sur ma thèse. Merci pour ton enfance.

Elle lui caresse la joue, laboure vigoureusement ce qui lui reste de cheveux et redescend l'échelle. Lucien demeure immobile entre la circulation ferroviaire et le génocide apache. Jamais je ne lui ai autant manqué, je crois – jamais non plus il ne s'était mis à ma place, jamais encore il n'avait repris mon rôle.

Il se sent soudain terriblement seul, terriblement triste. Et un peu vieux, pour la première fois de sa vie. Après la lui avoir offerte, il mesure combien il est passé à côté de cette enfance avec laquelle Morgane vient de s'enfuir.

– Ah, te voilà ! Ferme les yeux, ma cocotte, je t'ai fait une surprise.

Elle obéit aussitôt, confuse de l'avoir totalement oublié depuis qu'elle l'a laissé sur son canapé.

– Vous avez pu vous reposer, Alphonse ?

– Dix minutes, oui, ça me suffit largement, après je suis tout ensuqué. Fais deux pas, voilà, tourne-toi d'un quart sur la gauche… C'est bon. Tu peux rouvrir les yeux.

Le regard de Morgane découvre les assiettes lavées sur l'égouttoir, les vêtements pliés en piles sur son lit, les deux tables débarrassées, le parquet brillant de cire… et l'horreur, soudain. Toshi n'est plus là. Disparu, avec les tronçons de plexiglas canalisant ses déplacements entre les zones de flocons d'avoine.

Incapable de produire un son, elle se tourne d'une pièce vers Alphonse.

– Oui, dis donc, j'ai eu du mal à en venir à bout, de cette moisissure… Mais pourquoi tu y as laissé s'incruster ? C'était visqueux en diable, jamais vu une pareille saloperie. Tu crois que c'est sain de vivre au milieu de cette crasse ? Franchement, à ton âge, belle comme tu es, à quoi ça ressemble, de couvrir la misère avec un tubage plutôt que de la nettoyer ? C'est comme si chez moi, le salpêtre des murs, je l'encadrais sous verre pour m'en faire un tableau, au lieu de le racler au white-spirit ! Allez, me remercie pas, faut bien que je serve à quelque chose… Bon, ben, j'y vais. À tantôt.

Chagriné par l'absence de réaction, il remet son anorak. Quand même, il a sué Cif et eau pendant deux heures, à genoux, frottant au tampon Jex pour récupérer le parquet avant de passer la cire. Le cœur gros, il récupère son caddie littéraire et s'en va sans se retourner. Heureusement, le travail bien fait l'a toujours consolé de l'ingratitude.

Sitôt la porte refermée, Morgane se précipite vers la poubelle. Rien, si ce n'est le contenu de ses cendriers, trois yaourts périmés, le tampon Jex râpé jusqu'à la corde. Dans le bac de l'évier rempli de

Javel flottent les tronçons de plexiglas, soigneusement récurés. Avec un cri strident, elle fonce dans les toilettes, soulève l'abattant. Alphonse a gratté le tartre au couteau, enduit les parois de Canard WC, fixé un bloc antibactérien tout neuf à cheval sur la cuvette couleur lagon. Aucune trace de la victime. Quatre ans d'étude, d'amour, de cohabitation sont partis dans la chasse d'eau.

– Toshi ! hurle-t-elle.

Elle glisse le long du mur, s'abandonne à ses sanglots. Brusquement elle se relève, se rue hors du studio, martèle le bouton d'ascenseur qui clignote, dévale les cinq étages. Devant l'immeuble, un véhicule du Samu en double file bloque sa Panda. Elle sort son portable, appelle mon fils qui est sur messagerie, raccroche. Dans l'élan de sa rage, elle descend la colline à fond de train, avalant sans ralentir une seconde les deux kilomètres à vol d'oiseau qui la séparent de la quincaillerie, du seul espoir qui lui reste de sauver la mémoire de ses travaux, la preuve vivante du bien-fondé de sa thèse.

Rue des Lauzes. Code, grille, porche, escalier…

– Lucien ! crie-t-elle en grimpant les marches quatre à quatre.

Il ouvre la porte de sa chambre au moment où

elle déboule dans le couloir. Sans lui laisser le temps de parler, elle le repousse, entre et se fige. Devant elle, sur la table de chevet, trône son Tupperware entre une télécommande et un paquet de corn flakes. Le souffle court, elle s'approche avec un signe de croix, se penche au-dessus du récipient de plastique transparent que Lucien a gradué en millimètres au feutre noir.

Lentement, elle laisse couler un filet de salive sur le tronçon de *physarum*, guette une réaction. L'extrémité gauche se contracte. Alors, elle se retourne vers son frère, tremblant de la tête aux pieds, balbutie :

– Il va… Il a l'air d'aller.

– Ben oui, tu vois…, la rassure Lucien, comme si tout était normal dans le plus simple des mondes. Il a pris six millimètres depuis ce matin, dans les deux sens, pour aller chercher ses corn flakes. Je l'ai appelé Toshi II.

Elle se jette dans ses bras qui se referment. Elle l'inonde de ses larmes, il la dévore de baisers. Le cou, les cheveux, les seins… Elle lui remonte violemment la tête, prend sa bouche.

– Pardon, mais…

Ils se retournent d'un bloc vers Fabienne, apparue dans l'encadrement de la porte.

– … Jean-Mi est arrivé, achève-t-elle sur sa lancée.

– Ah, ponctue Lucien sans ôter ses mains du soutien-gorge.

Le regard imperturbable, ma veuve remonte une mèche, essaie de caler un sourire en dents de scie.

– Je te rajoute un couvert, Morgane ?

– Oui, merci, s'empresse-t-elle, avant de se détacher de son frère pour expliquer : Mon blob est mort, alors je venais voir si la bouture allait bien. Je suis tellement soulagée…

Fabienne hoche la tête sans chercher de sens à ce qu'elle entend, précise sur un ton décalé :

– J'ai fait un soufflé au fromage.

Elle laisse son regard errer dans la chambre, comme si elle avait oublié ce qu'elle était venue chercher.

– On passe à table dans cinq minutes, ajoute-t-elle. Ça n'attend pas.

Et elle ressort en fermant la porte. Lucien, atterré, dévisage sa sœur qui remet en place son décolleté.

– Quoi, c'est grave ? répond-elle à son regard d'une petite voix de dessin animé.

Il banalise d'une moue, qu'elle nuance en ponctuant du sourcil la protubérance de son jean. Il pique un fard.

– Descends la première, je vais me changer.

Sans le quitter des yeux, elle retourne vers la table de chevet, chuchote au *physarum* :

– Sois gentil avec lui : c'est un super frère, mais il est en rodage…

Et elle quitte la chambre, légère, tandis qu'il passe dans la salle de bains de sa « suite filiale », comme dit Fabienne. Il se déshabille, furieux d'avoir cédé au désir qu'il avait cru diluer dans mon grenier d'enfance, martèle trois fois le carrelage avec son front et prend une douche glacée qui ne résout rien.

– Qu'est-ce que je suis content pour toi, ma puce ! tonitrue Jean-Mi au milieu du living.

Insensible à la froideur que lui témoigne sa nièce, il l'écrase contre lui pour exprimer le fond de sa pensée :

– Je peux te l'avouer, maintenant : côté caractère, je me suis toujours dit que tu étais Jacques enfant tout craché.

– À table ! commande Fabienne qui sort de la cuisine, soufflé en mains.

– Mais c'était trop beau pour que je puisse y croire…

Encore sous le choc de ce qu'elle a surpris dans la chambre, ma veuve ne relève pas l'hypocrisie de mon copain de voile.

– Ta maman ne m'avait jamais fait la moindre

allusion, achève-t-il de se justifier, et lui non plus. Il respectait tant Fabienne…

– Ça va refroidir, coupe la susdite en remplissant les assiettes.

– Lucien arrive, rassure Morgane.

– Commencez. Jean-Mi, tu sers le vin.

– Super, la mondeuse de chez Grisard ! C'est celle que préférait Jacques. Not' blanc chronique, il disait. Quelle ironie, la vie, quand même… Mon meilleur pote qui devient le père de ma nièce ! Je te jure que, s'il avait su, ça aurait tout changé…

Sa logorrhée continue en bruit de fond autour de Fabienne qui mange sans écouter. Entre chaque bouchée, elle jauge à la dérobée Morgane, évaluant sous un angle nouveau la menace contre laquelle je suis censé l'avoir mise en garde par le biais de son coiffeur. Je reste focalisé sur elle. Sur sa colère, sur la noirceur qu'elle projette, sur le danger qu'elle représente pour *les enfants*. Je ne sais pas quelles seront les conséquences de leur baiser, comment elle va réagir, mais j'ai une telle volonté de les protéger contre elle que sa fureur me gagne. Cette violence avec laquelle je refuse le sabordage du mensonge réparateur doit absolument trouver un exutoire, déclencher un contre-feu. Il faut qu'un incident se produise, pour détourner Fabienne de la résolution qui est en train de couver en elle…

– Ah ! voilà l'heureux frère, exulte Jean-Mi avec une solennité de noces et banquets. Bienvenue dans ma famille, grand ! Dis donc, moi aussi j'ai une super nouvelle à t'annoncer. Je voulais que tu sois le premier informé, vu que tu es mon principal sponsor…

– Le seul, non ? lui lance sa nièce d'un ton caustique.

Jean-Mi néglige la précision et claironne d'un air pénétré, tandis que Lucien s'attable :

– Je quitte Greenpeace.

– T'es malade ? s'insurge Morgane, trop contente d'abandonner le terrain des considérations familiales qui alourdissent le silence de la maîtresse de maison. Les baleines, c'est le seul intérêt de ta vie !

Sans s'arrêter à l'âpreté de ce jugement de valeur, il explique :

– Ils sont trop mous. Avec une dizaine de camarades dissidents, on fonde Greenwar. On ne se contente plus de couper la route aux baleiniers, on les attaque ! Et c'est là que tu interviens, mon Lulu.

– Tu as besoin de combien ? s'empresse le

bailleur de fonds, les ongles de Morgane enfoncés dans son genou pour encourager l'échappatoire.

– C'est pas tant la thune, c'est la technologie, répond le militant des mers. Ça marche au WiFi, les baleiniers, comme tout le reste. Y aurait sûrement moyen que tu pirates les commandes pour les envoyer se fracasser sur des récifs, non ? Imagine la couverture média : c'est plus les baleines qu'on trouve échouées, c'est les baleiniers !

Pointant brusquement le doigt vers Morgane, il enchaîne, exalté :

– Et toi, tu pourras nous écrire une chanson de combat avec ton chéri, comme ça on marchera tous la main dans la main : « Baleine d'honneur… »

– Je ne suis plus avec lui.

– On en parlera demain, dit Lucien.

– T'as raison, profitons du soufflé ! Bravo, Fabienne, c'est une tuerie, surtout avec la mondeuse. Allez, je nous ressers ! À part ça, ma puce, où tu en es avec tes études ? Toujours à faire tes expériences sur ton espèce de champignon baladeur ?

– On me l'a tué, répond-elle sobrement à l'intention de Fabienne, pour développer la circonstance atténuante du baiser qu'elle a surpris. En voulant gentiment nettoyer chez moi, Alphonse l'a jeté dans les toilettes.

– Venant de lui, rien ne m'étonne, laisse tomber son employeuse d'un ton neutre.

Lucien tente aussitôt un transfert de culpabilité :

– Il serait temps que tu l'empêches *vraiment* de travailler, maman. Il devient dangereux, là. Un jour il te commande mille cinq cents débroussailleuses au lieu de quinze, un jour il t'expulse un contrôleur de l'Urssaf…

– Ah ! il a quand même des bons côtés, plaide Jean-Mi.

– Tout le monde a des bons côtés qui débouchent sur les pires choses, énonce Fabienne dans le vide. Il vous faut des exemples ?

Le silence retombe sur les bruits de couverts.

– C'est délicieux, dit Morgane en reposant sa fourchette en travers de son assiette quasi intacte. Tu mets du comté ou de l'emmental ?

Le regard sur la télé qui diffuse un feu de bois en mode ambiance, ma femme laisse la question en suspens.

– C'est la pointe de marc qui fait la différence, statue Jean-Mi pour voler à son secours.

Après trois secondes, Fabienne se lève en

précisant que c'est de la vodka. Et elle va dans la cuisine, les mains vides. Elle a retenu ses mots dans sa gorge, *in extremis*. L'image de son fils déshabillant la sœur qu'il s'est donnée continue de lui tordre l'estomac. C'est à lui qu'elle en veut. Elle croit qu'il est l'instrument du drame prédit par le message du coiffeur. À moins d'un événement extérieur qui prenne le pas sur cette obsession en boucle, elle va craquer.

Déjà bien grammé à son sixième verre de mondeuse, Jean-Mi attrape les mains des enfants et les unit dans les siennes.

– Vraiment, c'est trop bonnard de se retrouver en famille…

– C'est moi, la famille, c'est moi ! rugit Jeanne-Marie Dumontcel.

Qu'est-ce qu'elle fait là ? Sa vibration est forte, mais d'une densité floue qui n'a rien à voir avec les quelques âmes en peine ou en joie que j'ai pu croiser ici-bas. La pâtissière disparaît aussi brutalement qu'elle s'est manifestée. Je suis seul à avoir capté sa présence, mais, quelle qu'en soit la nature, j'y devine une réponse à l'espoir de diversion que j'ai exprimé.

Au moment où Morgane se lève pour changer

les assiettes, son téléphone sonne. Elle consulte l'écran, prend l'appel, blêmit. D'une voix blanche, elle répond qu'elle arrive, se tourne vers Lucien en raccrochant.

– C'est l'hôpital. Ma grand-mère est tombée dans le coma.

– Alléluia ! ponctue Jean-Mi d'un ton lugubre. Elle va nous durer dix ans, rien que pour faire chier. Mais moi je m'en fous, on a pas les moyens : je la débranche !

Il vide son verre, quêtant l'approbation de son sponsor qui a quitté la table pour aider Morgane à enfiler sa doudoune.

– Lucien, tu restes, ordonne sèchement Fabienne en revenant avec une seconde bouteille de mondeuse.

Elle la lui met dans les mains, lui donne le tire-bouchon et va se rasseoir.

– Dépose-moi, Jean-Mi, je suis à pied, lance Morgane sur le même ton.

Avec un soupir de contrariété, le défenseur des baleines marque son territoire en finissant de saucer son assiette. Lucien et sa mère se mesurent du regard.

– Merci pour le dîner, on vous tient au courant, lance Morgane en quittant la salle à manger.

Jean-Mi s'essuie la bouche et se dresse lentement, tourné vers son hôtesse pour la prendre à témoin :

– C'est ça, la Meringue… Toute sa vie, elle aura foutu la merde à chaque repas de famille !

Il écarte les bras d'un air fataliste, les laisse retomber sur ses cuisses, puis il rejoint Morgane en traînant les pieds. C'est la première fois que j'ai conscience qu'un de mes sentiments a *provoqué* quelque chose. Mère et fils attendent que les pas aient cessé de résonner dans la cage d'escalier.

– Pourquoi tu as réagi comme ça ? demande froidement Lucien en introduisant le tire-bouchon dans la mondeuse.

– Et toi ?

– Ça va, maman. Si c'est une allusion au geste de tendresse qu'on a eu…

– Tu appelles ça comme ça ?

– Mais arrête de te prendre la tête avec les conneries de ton shampouineur ! Morgane est une fille formidable, d'accord ? Et complètement cash. Tu n'as rien à craindre, et moi non plus !

Le poing de Fabienne s'abat sur la table.

– C'est pour elle que je m'inquiète, figure-toi ! Le drame, c'est *toi* qui es en train de le créer !

– Arrête…

– Qu'est-ce que tu veux, Lucien ? Tout saccager pour tirer un coup ?

– Tu me parles autrement, s'il te plaît !

Il repousse sa chaise, fait les cent pas de l'horloge à la fenêtre en martelant :

– Je n'y peux rien, je suis fou d'elle ! C'est un vrai coup de foudre, maman. Et elle ressent la même chose, même si elle l'analyse autrement, même si elle n'y voit que la force du lien fraternel…

– Et tu comptes faire quoi ? Lui dire la vérité ? Lui balancer en face que la meilleure nouvelle de sa vie n'est que le fruit de tes manips informatiques ? Lui prouver que rien ne s'oppose à ce que vous fassiez l'amour et des enfants, puisqu'elle est bien la fille du pédophile en série ?

– Non mais tu me prends pour qui ? Jamais je ferais ça !

– Bien sûr que si, tu en meurs d'envie ! crie-t-elle en se levant à son tour. Elle commençait juste à retrouver un équilibre, et toi tu vas tout foutre en l'air pour te lasser d'elle en huit jours, comme tu le fais à chaque fois… Résultat : tu auras détruit sa vie pour rien ! Pour rien !

– OK ! dit-il en l'arrêtant de la main. De toute

façon, j'en ai marre de cette ville, de vos histoires, de cette existence à la con… Rassure-toi : je me casse. Je quitte la France et je te laisse gérer Morgane. C'est ton idée, au départ, non ? Assume.

Tétanisée, elle le regarde foncer hors du salon, shootant dans le guéridon en travers de sa route. Il grimpe les marches quatre à quatre, ouvre sa porte d'un coup de pied, va se planter devant sa table de chevet, les bras tendus de part et d'autre du Tupperware. Au bout de quelques instants, Toshi II se rétracte sous l'effet des larmes qui lui tombent dessus. Alors mon gamin s'abat sur son lit qu'il crible de coups de poing en hoquetant.

Je ne vois aucune issue à son dilemme. Pas plus qu'à la douleur de sa mère, qui s'est rassise à mon ancienne place en bout de table. Le souffle court, elle achève de déboucher la mondeuse, emplit son verre et le contemple en murmurant :

– Aide-nous, Jacques.

Je fais ce que je peux. J'ignore si le coma de la Meringue est bien une conséquence de mon appel au secours, s'il faut y voir un simple exutoire, un point d'impact fortuit ou le moyen qui permettra de résoudre la crise. Mais, même s'il n'est qu'un accident sans lien avec la situation, il nous aura aidés à éviter le clash, à gagner du temps, à prendre du recul…

Cela dit, je me demande si le fait de me retrouver soudain au service de neurologie vasculaire de l'hôpital Reine-Victoria est un signe encourageant ou pas.

– Mais qu'est-ce qu'ils ont tous contre moi ?

À nouveau, la forme aux contours indécis qui est apparue pendant le soufflé au fromage me prend à témoin, flottant sous le néon à cinquante centimètres du corps intubé.

– J'espère que tu m'entends, la vieille ! apostrophe Jean-Mi en enclenchant le dictaphone de son portable. Parce que là, tu vois, avant de te débrancher, je vais te dire en face ce que je répéterai à tes obsèques.

Autour de lui gravitent les reliquats de ses frères : toute la rancœur qui les retient sur Terre se nourrit de sa rage et s'amplifie, gorgeant les murs de vibrations délétères. Du coup, la conscience de leur mère regagne prudemment l'épave physique où les drains effectuent leurs opérations de pompage.

– « Mesdames et messieurs, nous enterrons aujourd'hui une figure marquante de la vie aixoise, mais ce n'était qu'une meringue ! Et pas une italienne, douce et crémeuse, non : une vraie ! La meringue à la française, dure, ondulée dans sa mise en plis béton, et à l'intérieur : que du vide ! »

– À qui la faute ? lance Morgane d'un ton sec.

Il s'arrête net, range son portable en croisant le regard du chef de service avec qui elle vient d'entrer.

– Enchanté, docteur. J'essayais de la détendre : on dit qu'ils entendent tout.

– On le prétend, nuance le chirurgien. Bonsoir, monsieur.

– C'est l'AVC d'hier qui a provoqué le coma ? se renseigne-t-il d'un air concerné pour faire oublier son oraison funèbre.

– Ce peut être une conséquence ou alors une réplique, oui. Quoi qu'il en soit, comme je le disais à votre fille…

– Sa nièce, rectifie l'intéressée.

– … nous avons un caillot massif qui bouche l'artère cérébrale.

– Qu'est-ce qu'on peut faire ?

Le chef de service esquisse une moue. Morgane répond pour lui :

– Tenter une thrombectomie.

– C'est-à-dire ? tique Jean-Mi.

– Opérer pour retirer le caillot, détaille-t-il à contrecœur, mais au-delà d'un délai de neuf heures, le résultat est problématique. Et il faut être sûr d'avoir totalement éliminé l'hémorragie, ce qui n'est pas encore le cas, d'après l'imagerie fonctionnelle. Donc, je vous le répète, conclut-il à l'intention de la nièce, le risque serait majeur.

– Mais si vous n'opérez pas, lui répond-elle, il sera certain.

Le sourcil droit du chirurgien se hausse d'un millimètre. Il sort de sa blouse un bipeur pour vérifier qu'une autre urgence n'est pas en train de le réclamer.

– Le silence vaut confirmation ? s'enquiert Morgane, qui tente sans grand succès de contenir son impatience face à ce mandarin lymphatique.

– Statistiquement et compte tenu de son âge, il y a autant de risques, voire davantage, qu'elle succombe au cours d'une opération de ce type.

– Et si elle survit sans opération, ce sera à l'état de légume ? s'assure Jean-Mi.

– Je ne veux pas vous donner de faux espoirs, confirme le spécialiste. Quelle qu'en soit l'origine, son coma est un Glasgow 4.

– C'est-à-dire ?

– Classé 4 sur l'échelle de Glasgow, au vu de l'absence de réactions. Probabilité de réveil quasi nulle. Si Mme Dumontcel demeure en l'état, il faudra, assez rapidement, que la famille prenne une décision.

– Elle est prise, répond Jean-Mi.

– Nous la maintenons, précise Morgane.

– Ça va pas ? Ne l'écoutez pas, docteur...

– C'est moi qui décide et moi seule, professeur Diaume ! hurle soudain Morgane. Mon oncle, il repart couler ses baleiniers, c'est moi qui reste ici, moi !

– Un peu de tenue, ma puce !

– C'est toi qui dis ça ? Je viens d'enterrer ma mère, j'ai dû prendre sur moi les crimes du salaud qui m'a élevée, et vous voulez que maintenant je tue ma grand-mère ?

– Ce n'est pas contre vous, professeur, elle est sous pression...

– Casse-toi, connard ! Va régler tes comptes en

mer de Chine ! Ou tu respectes ma décision, ou Lucien te coupe les crédits ! C'est clair ? Alors, vire !

– 'tain, les femmes…, conclut Jean-Mi en fonçant vers la sortie.

Dans l'élan de sa hargne, Morgane lui balance la casquette oubliée sur le lit, qu'il ramasse sans un regard avant de claquer la porte. Elle reprend son souffle, accrochée à la potence de perfusion.

– Nous aurons le temps d'en reparler calmement, dit le chirurgien pressé de rentrer chez lui. Courage, mademoiselle.

Elle lui souhaite bonne nuit, se penche vers Jeanne-Marie pour redonner du volume à sa coiffure, un peu de personnalité à la pauvre chose inerte au milieu des machines et des tubes. Au bout d'une minute, elle se ravise, court rattraper le chirurgien devant l'ascenseur, exige qu'il opère dès que possible. Il la dévisage avec un soupir aussi dissuasif que le lui permet le serment d'Hippocrate.

– Je vous ai informée. Sous réserve que l'hémorragie soit totalement résorbée, vous courez le risque ?

– Je cours.

– Très bien… J'ai un décès qui a libéré le créneau de 7 h 45, demain. J'espère que vous ne le regretterez pas.

Elle laisse les portes de la cabine se refermer sur lui, retourne dans la chambre, approche le fauteuil du lit et saisit la vieille main tavelée.

– Pourquoi tu t'es mise dans cet état, mamy ? Ç'aurait été si bien que tu te réjouisses pour moi, c'est tout… Tu sais ce que je vais demander dans mes prières ? Que tu te réveilles amnésique, comme ça on reprendra tout à zéro. Je t'apprendrai les choses simples, la belote, les chansons, le respect des autres, la gentillesse… Tu verras comme ta vie sera plus belle. Je te réapprendrai même tes recettes les plus secrètes, celles que tu as mises au coffre à la banque… Ta tarte au citron meringuée, ton ambassadeur au Grand Marnier, ton fraisier du bicentenaire… Et si tu ne retrouves pas la combinaison du coffre, on fera changer la serrure.

Un bip attire son regard vers le téléphone qu'elle a posé sur le drap. Lucien vient de lui envoyer un texto :

Toshi II grandit à vue d'œil. Ne t'inquiète pas pour maman, elle est juste un peu rigide et à vif, toujours. Mais elle t'aime comme moi et elle ne veut que ton bonheur. Dsl pour ce nouveau coup dur dans ta vie. Dis-toi que je serai toujours là pour toi, quel que soit l'avenir.

Je t'embrasse fort, petite sœur. Et j'envoie les meilleures ondes possibles pour que la grand-mère au Bois dormant se réveille.

Elle hésite à le rappeler. Elle décide de rester sur la douceur de ses mots et se retourne vers la Meringue en miettes pour les lui lire.

Entre sa barquette de graines bio et son croque-monsieur froid, Guillaume finit d'annoter dans le TGV le dossier fourni par l'avocat d'Yves d'Arven. Il devra travailler jour et nuit : la sortie du livre est programmée la veille de l'ouverture du procès. Aussi anxieux qu'excité, il finit sa bière tiède et envoie un texto à Fabienne :

Finalement, à cause des grèves, mon train n'arrivera qu'à 22 h 40. Si ton dîner est fini, tu veux qu'on prenne un Sunset au Golden Tulip ? Tellement hâte de te voir.

Elle est en train de se démaquiller, lorsque le message s'affiche sur le portable posé entre les deux vasques. Elle le lit, interroge son reflet dans le miroir, mais sa décision est déjà prise. Dévastée par les paroles de notre fils, elle n'hésite pas une seconde entre le somnifère et le Sunset Boulevard, ce cocktail grenadine-cassis-cognac dont Guillaume a rythmé leurs deux ans et demi d'amour. Si Lucien s'expatrie – et elle l'entend à travers le plafond téléphoner en anglais dans sa suite filiale –, elle n'a plus aucune raison de rester à Aix. Elle vendra la quincaillerie et ira vivre à Paris, pour s'occuper du fonds d'action humanitaire qu'elle finance en toute discrétion depuis trois ans. Elle s'installera dans un ancien atelier de peintre qu'elle aménagera dans le quartier de Guillaume, cette butte Montmartre où sont nichés ses plus beaux souvenirs de femme – en dehors de sa grossesse et de nos premiers mois de câlins au fond de la réserve, pendant la fermeture de midi, sur le raphia des colis de livraison.

Elle se remaquille.

*

Traverser la ville endormie pour aller retrouver son ancien et prochain amant, dans sa fausse fourrure si bien imitée qu'elle s'est fait taguer deux fois par des animalistes, réveille en elle une fois encore le plaisir revanchard de provoquer les bonnes consciences tapies au coin de leurs rideaux. Son cœur de mère s'est arrêté, ses pulsions sensuelles le réaniment. Tant pis pour Morgane, Lucien décidera ce qui lui paraît le moins douloureux pour eux deux : elle ne se sent plus concernée. Même le coup d'État jubilatoire qu'elle ourdit pour dégommer André Rumilloz de la présidence des Jeux, dans moins de vingt-quatre heures, lui paraît à présent une futilité pesante. Elle n'a plus envie de cette existence consacrée à faire ses preuves auprès de gens dont elle se fout. La vie commence à cinquante-trois ans. La vie absolue. Celle dont lui parlait ma lettre de Colmar. Celle que ne déterminent aucun regard extérieur, aucun jugement, aucun calcul. Juste l'intensité des émotions qu'on éprouve, partagées ou non.

Elle oblique à droite après le casino, descend vers la gare, traverse la pelouse à trois cèdres qui mène à la façade anciennement d'avant-garde qui a changé dix fois d'enseigne avant de s'appeler Golden Tulip – hôtel de semi-luxe en verre fumé pour séminaires et week-ends adultères. Guillaume jaillit de son fauteuil tulipe, la prend dans ses bras, l'embrasse autour de son rouge à lèvres. Elle a choisi un incolore ; elle pensait que d'emblée il irait plus avant, qu'il lui proposerait même de faire monter les cocktails en chambre. Il s'est déjà rassis, à gauche de sa valise roulante.

– Ils me changent d'étage, il y a un dégât des eaux.

Elle ôte son manteau. Elle s'attendait à plus glamour, mais la lueur ardente dans ses yeux la rassure. Elle s'assied en lui frôlant le genou avec sa jambe croisée, le laissant admirer l'échancrure de son tailleur noir à même la peau.

– Je suppose que tu devines ce qui m'amène à Aix.

Elle en a une certaine idée, mais elle lui laisse le soin de l'exprimer. Il plisse une paupière pour ajouter :

– Néanmoins, je crois que je vais te surprendre.

Il fait signe au barman d'apporter les Sunset qu'il a déjà commandés, ouvre sa sacoche et sort le dossier de l'avocat.

– Eh non, mon sujet ne sera pas la vie posthume de Jacques. Du moins pas encore. Je vais d'abord honorer une commande qui me tombe du ciel. Franchement, je n'ai pas voulu dramatiser quand on s'est revus, mais, sur le plan financier, ça me sauve la vie.

Un peu échaudée, elle répond qu'elle est contente pour lui.

– En fait, l'idée de mon éditrice est géniale. Ça s'appellera *Dans la tête d'un monstre.* Il s'agit de matcher le témoignage d'Yves d'Arven et celui de ses victimes. D'exploiter conjointement, côté lecteurs, la fascination pour le prédateur et l'empathie pour ses proies.

Fabienne reste sans voix. Le désir s'est glacé dans son ventre. L'autre enchaîne :

– Et donc, tu as compris ce que j'attends de toi. Il me faudra, bien évidemment, le point de vue de la petite Morgane sur ce dégénéré qu'elle croyait être son père. J'ai eu Lucien au téléphone, il m'a dit que ça se passait merveilleusement entre elle et toi. Je pense que tu es la mieux placée pour faire l'interface. Lui parler de moi, de la manière dont je travaille, lui faire lire ce que j'ai écrit sur Jacques pour qu'elle se sente en confiance…

Le barman dépose sur leur guéridon de fer les verres d'émulsion rosâtre surmontés d'une cerise au marasquin. Elle dévisage Guillaume, lèvres closes, le temps de la mise en place des pistaches d'accompagnement.

– Qu'en penses-tu ? la relance-t-il en lui effleurant les doigts, sans l'once d'une inquiétude dans sa voix passionnée.

Elle retire sa main, prend son verre, le lui verse sur l'entrejambe et s'en va, son manteau sous le bras. Il reste interdit, les yeux sur la cerise fichée dans un repli de braguette. Elle évite de se retourner. Son absence de protestation, de tentative pour la rattraper, la raisonner, la reséduire, prouve que la fin de non-recevoir qu'elle lui a opposée est sans appel, et tout revirement exclu.

Maîtrisant sa respiration et ses larmes, elle marque un temps d'arrêt en débouchant de la pelouse sur le trottoir du boulevard. Au lieu de remonter vers le casino, elle tourne à droite en direction de la gare. Je comprends où elle va, et pourquoi. Je suis désolé de la sentir autant souffrir, mais sa réaction est idéale. Il faut laisser Guillaume se dépatouiller seul dans le cloaque où il a choisi de se perdre ; il sera toujours temps de le repêcher ensuite, si l'occasion et l'envie se présentent.

Elle marche le long de la voie ferrée jusqu'à la place du Marché, s'abrite du vent sous la marquise d'une ancienne boucherie murée. Elle regarde les fenêtres allumées sur la façade d'en face. Elle ne sait plus si Naïla habite au premier ou au deuxième. Elle l'a raccompagnée un jour de piscine où son scooter était en panne, mais elle n'avait pas le temps de monter. Elle hésite entre un appel et un texto, lorsque la porte du petit bloc années soixante s'ouvre dans un grésillement disproportionné. Naïla, en vieux jogging informe, sort en traînant trois sacs-poubelle, les répartit dans les bacs de tri, croise le regard de Fabienne qui traverse dans sa direction.

– Un problème ?

– Pourquoi « un » ?

La spontanéité de la réponse leur déclenche un sourire d'ironie dérisoire.

– Viens prendre un verre, les enfants sont au concert d'Eva Queen. Et Rafael ne rentre pas avant l'aube.

Elles montent l'escalier en béton qui tourne dans la pénombre autour de l'ascenseur en panne. Fabienne retient sa réaction en entrant dans le deux-pièces où ils vivent à cinq.

– Le Centre de déradicalisation ne me verse qu'une demi-vacation, explique Naïla. Raf est au

Smic à l'India Club, et les enfants nous coûtent ce qu'ils nous rapportent en allocs. Fais gaffe de pas glisser, c'est le seul moment où je peux faire le ménage sans que ça les dérange.

Enjambant le seau d'Ajax, elle sort du frigo un vin de pêche dont elle remplit deux chopes. Puis elle va retirer la couette Che Guevara qui recouvre un des canapés-lits.

– T'avais pas un dîner chez toi ?

– Il s'est abrégé pour des galères dont je n'ai pas envie de parler. Là, je sors d'un rendez-vous avec Guillaume…

– Ho, il est revenu ?

Naïla s'assied près d'elle. Une lueur de connivence coquine a réveillé son regard éteint.

– Pas pour moi, soupire Fabienne.

– Mais tu n'avais plus envie de lui, je croyais…

– Moi aussi. Maintenant, je suis sûre. À nos vies de merde !

Elles trinquent, vident leurs chopes à la cosaque.

– Et toi, tes mecs, t'en es où ?

– Je fais le ménage, là aussi. J'sais pas, c'est peut-être la pré-ménop'…

– Ou juste ils sont trop nuls, la rassure ma veuve, et t'en as marre de faire semblant.

– Merci d'en remettre une couche.

Le silence troué de motos sans pot qui font leur rodéo sur la place du Marché s'installe entre elles. Comme Fabienne peine à trouver un sujet qui puisse lui remonter le moral, elle préfère en venir au prétexte de sa visite :

– Tu pourrais me rendre un service, pour Alphonse ? J'ai l'Urssaf sur le dos, il faut absolument que je l'éloigne de la quincaillerie, sinon ils m'ont prévenue : c'est la fermeture administrative.

– C'est vraiment des chacals.

– Non, ils sont payés pour. Et il m'a encore sorti hier après-midi un contrôleur à coups de râteau. Mais il ne restera jamais sans rien faire, et je ne peux pas le laisser dans les rues en plein hiver avec son caddie…

– Tu penses à quoi ?

– Dans ton Centre de dérad', y aurait pas moyen ? En tant qu'intervenant… C'est un héros de guerre, un idéaliste, un modèle de résilience et d'intégration parti de zéro, sauvé par la poésie. Ça devrait parler à tes jeunes.

– Mais on n'a plus de budget…

– Il sera bénévole, il reverse déjà la moitié de sa

retraite aux Restos du cœur. Et, avec son accréditation de Lire et faire lire, il est assuré pour tout ce qui est animation culturelle.

– OK, je vais demander à mon chef. On se la finit ?

Fabienne la regarde répartir le dernier tiers de la bouteille. La grâce fatiguée de ses gestes, dans son vieux jogging de ménage, la touche au-delà de la commisération. Elle éprouve un curieux sentiment d'apaisement. Ce n'est pas seulement la douceur lancinante du vin de pêche, ni le fait de constater une fois de plus qu'il y a pire existence que la sienne. C'est un lâcher-prise qui raccorde, peu à peu, le désespoir de cette nuit aux longues années de mélancolie complice, entrecoupées de coups de cœur sans avenir, qui ont découlé de leur deuil commun. Elles se connaissent suffisamment pour savoir que chacune d'elles est au bout du rouleau, à la fin de ses réserves, au terme d'un cycle. Mais la passerelle que se tendent leurs regards n'a rien à voir avec la pré ou la post-ménopause à laquelle l'entourage impute leurs sautes d'humeur.

Elles reposent les chopes d'un même mouvement. Leurs doigts se rejoignent sur le canapé. Sans brusquerie ni gêne, leurs corps se rapprochent, leurs joues se caressent, leurs lèvres s'effleurent.

– Je sens l'Ajax, murmure Naïla en parcourant les formes de son amie avec une lenteur experte.

– Moi c'est le soufflé au fromage, non ?

– Un peu.

Leurs yeux se disent que les paroles ne sont plus vraiment utiles, mais Fabienne glisse tout de même, tandis que se détachent les agrafes qui ferment son tailleur :

– Je n'ai encore jamais… avec une femme.

– Moi non plus…

Naïla sourit devant son air sceptique, achève la phrase :

– … avec une qui n'a encore jamais.

Fabienne hoche la tête. L'instant d'après, elle a un léger mouvement de recul en la voyant batailler pour retirer son haut de jogging avec un minimum de sensualité. Quel intérêt y a-t-il à mettre en péril, par un saut dans l'inconnu, leur amitié si fiable ? Le désir qui monte en elle n'est qu'un trop-plein de solitude, elle le sait ; à quoi bon créer de nouveaux malentendus ?

Et puis elle se dit que, de toute façon, Lucien n'a

jamais rien eu de moi, que Guillaume nous a trahis et que son seul moyen de me retrouver un peu, cette nuit, c'est dans les bras de ma maîtresse. Laquelle, par d'autres chemins, est arrivée à peu près à la même conclusion.

Par pudeur ou par économie de nostalgie, j'ai préféré me retirer de leur étreinte pour me laisser dériver jusqu'à la personne qui m'appelle avec le plus de force. Et je passe le restant de la nuit dans le coma d'une ennemie coincée entre deux mondes à qui j'essaie d'expliquer la vie, l'amour et la mort, si tant est que mon expérience ait valeur d'exemple.

Je la sens tour à tour hostile, tentée, en état de panique, de défiance. Elle refuse, dans tous les cas de figure, de se réveiller diminuée, alors j'expose l'alternative. J'ai l'impression de lui vendre l'au-delà sur catalogue. Je lui décris le premier niveau, où la force de ses souvenirs et de son orgueil reconstituera aisément sa pâtisserie au temps de la gloire, avec tous les accessoires dont elle aura envie : reine d'Angleterre, clients éblouis et serviles, famille rêvée, brillante, à sa botte... Elle valide, mais aussitôt se méfie. Elle craint l'exagération, les fausses promesses, l'arnaque. N'insistez pas, Jacques, retournez dire à ceux qui vous envoient que je leur ferai signe quand le moment sera venu.

Aucun respect pour la hiérarchie des consciences : la comateuse sous assistance respiratoire congédie le défunt aguerri, comme elle renvoyait jadis les représentants de ses fournisseurs qui tentaient de forcer une commande.

Je me suis dit, devant une telle résistance, que mes prolongations ici-bas avaient finalement pour but d'aider cette âme en pâte feuilletée à sortir du congélateur terrestre, à dissiper les aigreurs, les tourments qui la bloquent. Mais son état présent, son refus de toute sollicitude ne m'accordent aucune marge de manœuvre, et je ne peux que la laisser revivre en vase clos la mort de ses enfants, rouvrir les blessures mal cicatrisées et les abîmes de ressentiment qu'elles ont creusés. Plutôt que de s'abandonner à un paradis hypothétique, Jeanne-Marie préfère rester retranchée dans un enfer connu.

Libre à elle. Je renonce à l'amadouer, mais personne ne me réclame ailleurs et je reste là, comme englué dans la toile d'une araignée inerte.

*

À 6 h 30, on est venu la chercher. IRM, Bétadine, tonsure partielle, anesthésique dans la perf, transfert au bloc. J'ai assisté à l'opération, sans que j'en perçoive bien la nécessité. Au moins sa conscience demeure-t-elle en dormance dans son enveloppe physique, m'épargnant les récriminations.

La thrombectomie s'est plutôt bien passée. Ils ont failli la perdre deux ou trois fois, mais le cœur a tenu et, au-dessus du champ opératoire, l'aura éblouissante de Marie-Palatine est venue me remercier d'avoir tenté l'impossible pour faire lâcher prise à sa mère. La seule chose que redoute mon amie d'enfance, dans la félicité vagabonde où son mensonge salvateur l'a propulsée, est que la Meringue continue de plomber la nouvelle vie de la petite.

Une fois encore, j'essaie de nouer le dialogue. Je lui objecte que c'est plutôt ma veuve qui risque de perturber le destin de rechange qu'elle a voulu offrir à Morgane. La sorte de malice indulgente qui réplique à mon ressenti me laisse perplexe. On dirait que Marie-Pa détient des réponses auxquelles je n'ai pas accès. Décidément, l'image du suicidé en souffrance, égaré, perclus de remords et de désespoir, me semble être la pire des fumisteries. Elle, en tout cas, l'écrabouillement volontaire sous le Chambéry-Paris l'a expédiée comme une lettre à la poste dans un niveau de conscience beaucoup plus léger, mobile et autonome que le mien. À la lumière de mes constatations, ce qui paraît déterminer la nature des âmes, c'est l'état psychologique dans lequel elles ont quitté leur corps. Moi, je suis mort dans mon sommeil, sans autre raison que l'inanité de ma vie dont je croyais avoir fait le tour. Elle, ce qui a précipité sa sortie de scène, plus que la perspective d'endurer le statut social de la femme de violeur, c'est la crainte d'être incapable de *tenir* son mensonge sur nos relations. C'est du moins ce que je perçois. Et elle m'envoie une image qui tend à le confirmer : nos deux visages accolés par l'aimant sur le frigo de Morgane, vision qu'elle accompagne de ce commentaire allègre :

– On était beaux… On a bien fait.

Y croit-elle vraiment ? Son invention est-elle devenue *vraie* pour elle, dans le paradis personnel qu'elle s'est confectionné ? La suite ne laisse guère place au doute :

– Il faut que je parte, Jacques, on m'attend. Continue à veiller sur notre enfant.

Sympa. Elle s'évapore pour aller batifoler Dieu sait où, me laissant gérer sa fille et sa mère sans autre moyen d'action, à ma connaissance, qu'un statut de témoin assistant. Que faut-il en conclure ? J'ai si bien ménagé ma peine, de mon vivant, que le surmenage posthume doit constituer, je suppose, une part essentielle de mon évolution.

*

Le chirurgien est content. Il est venu faire son petit tour de chambre, après ses quatre interventions du matin. Mme Dumontcel est toujours plongée dans un coma profond, mais, au niveau des stimuli, son évaluation a diminué d'un point sur l'échelle de Glasgow, ce que la neuropsychiatre de l'étage considère comme un progrès inespéré. Du coup, le chef de service a autorisé les visites.

Son coiffeur est arrivé le premier. La veille, avant de perdre connaissance, Jeanne-Marie l'avait sommé de venir chaque jour lui « refaire une tête », afin de ne point présenter aux nombreux visiteurs qu'elle escomptait une apparence négligée d'hôpital public. Aux yeux d'Alexandre, le coma qui a suivi cette injonction ne fait que la renforcer. Il en est aux dernières retouches de la pièce montée qu'il s'est efforcé d'échafauder à partir des pauvres cheveux dévitalisés qu'il a couverts d'extensions, comme autant de guirlandes cachant la face dégarnie d'un sapin, lorsque Fabienne arrive du couloir. Elle s'immobilise sur le seuil, écoute le monologue joyeux qui ponctue la chorégraphie du BaByliss :

– Il s'est fait massacrer sur France 3, le sculpteur sur bois. Ma-ssa-crer. Ça, je suis bien content pour le Meylan ! Me faire ça à moi, qui lui ai donné les plus belles années de ma vie ! Si encore il m'avait trompé avec un DiCaprio, je ne dis pas, mais vous l'avez vu : c'est un nain de jardin, son tailleur de poutre… Oh ! Fabienne…

Il éteint le BaByliss, le plaque en travers de son torse façon James Bond et monte sur la pointe de ses baskets framboise pour lui envoyer un bisou.

– Vous venez rendre visite à notre miraculée, c'est gentil, ça s'est très bien passé, les infirmières m'ont juste conseillé d'éviter le chaud, mais elles me font rire : comment voulez-vous que je boucle ?

– À votre salon, ils m'ont dit que je vous trouverais ici, coupe Fabienne en allant se poser au bord du lit.

Alerté par la gravité du ton, le coiffeur abandonne ses accessoires et vient s'asseoir près d'elle, repoussant la jambe de sa patiente.

– Un souci, ma belle Fabienne ?

– Vous êtes un grand médium, Alexandre. Le message que Jacques vous a transmis avant-hier s'est déjà confirmé. Oui, c'est vrai… – et ça me coûte de l'avouer –, Morgane est… elle semble vraiment être un danger pour nous, une source de drames possibles… Sans qu'elle pense à mal, mais Jacques a raison : la situation est inextricable. Il vous a reparlé, depuis ?

Le coiffeur aspire sa lèvre inférieure. Machinalement accoudé au genou de la comateuse, il répond d'un regard en dessous :

– Je dois vous faire un aveu, Fabienne, ce n'était pas un message de votre mari. Juste une idée de Mme Dumontcel.

– Pardon ?

Il poursuit en pianotant sur le tibia de la pâtissière pour alléger sa gêne :

– Elle a tellement insisté… Et moi, pardon, mais

votre alliance avec mon mari pour lui offrir sur un plateau la tête de Rumilloz, alors qu'il m'a humilié d'une manière tellement odieuse devant toute la ville le soir du vernissage… Maintenant, ça va mieux entre nous, il a su se faire pardonner, alors je m'en voudrais que vous fassiez les frais d'une simple brouille sans conséquence…

Il se relève et va mettre la dernière touche à sa pièce montée.

– Voilà, je suis vraiment désolé. Pour une fois que je triche, fallait que ça tombe sur vous que j'adore. Les trois prochains soins seront offerts par le salon, bien sûr, si vous acceptez mes excuses.

Complètement décontenancée, elle le rejoint devant la table de chevet roulante.

– Mais la photo, Alexandre… Ma photo en Miss que j'avais glissée au fond de sa poche, dans le cercueil… Seul Jacques pouvait être au courant de ce détail.

– Jeanne-Marie le tenait d'un de ses clients croque-mort, soupire-t-il en laquant la mise en plis. Elle m'a dit que si j'en parlais, vous seriez convaincue de la provenance du message.

Fabienne encaisse le coup, se retourne pour aller coller le nez à la fenêtre. Derrière les arbres nus du parc des Thermes, elle fixe les toits du Palais de Savoie. Elle revoit notre rencontre à l'issue du concours de beauté. Sa défaite d'un point pour inculture générale, comme le lui avait confié Rumilloz qui présidait le jury, croyant faire montre de délicatesse par cette allusion implicite à sa plastique écrasant celle de l'élue, une étudiante en philo qui avait rallié les suffrages à l'oral. Elle revoit notre mariage, ma caravane-atelier dans la cour, le portrait de Naïla, mes obsèques, mon exhumation… Et le baiser passionné entre notre fils et ma fausse fille.

Avec un sourire en biais issu de la fureur qui brûle son ventre, elle revient contourner le lit médicalisé, repousse les tubes et les drains pour se frayer un chemin, se penche vers la majestueuse coiffure laquée.

– Si vous m'entendez, Jeanne-Marie, dit-elle doucement, vous avez perdu, ce n'est plus la peine de vous battre. Crevez en paix.

Et elle s'en va.

Elle marche dans les rues, calmant sa colère résiduelle à chaque goulée d'air froid. Elle confronte les divers éléments, évalue les forces en présence, les intérêts communs ou divergents. Elle cherche une parade, un moyen d'inverser la courbe du malentendu sans pour autant sacrifier le mensonge. Le dilemme est simple : comment faire pour que Morgane continue à se croire ma fille tout en lui permettant de répondre à son attirance pour notre fils ?

La solution lui apparaît soudain au carrefour de la rue des Bains et de la place Carnot. J'ignore si j'ai enfin réussi à me faire entendre, ou si le travail de son cerveau est simplement arrivé au même résultat que mon état de conscience.

Adossée à la façade du Crédit Agricole, elle sort

son téléphone pour soumettre l'idée à Lucien. Il éclate de rire. Il lui dit qu'il l'adore, qu'elle est la plus tordue des mères et qu'il fonce aussi sec à l'hôtel de ville.

– Attends que je te confirme, chéri, d'accord ? Je tente le coup, déjà… Reste joignable.

Elle raccroche, ferme les yeux un instant pour répéter la scène à venir, envisager les réactions, se préparer aux impondérables. Puis elle traverse la rue du Casino, longe le côté du Palais de Savoie, entre par le porche de l'administration. La secrétaire du président l'accueille avec une froideur déférente, lui fait remarquer qu'elle n'a pas de rendez-vous, et se dirige en traînant les talons vers la double porte matelassée.

– Je vais voir ce que je peux faire, soupire-t-elle du haut de son importance.

Elle revient deux minutes plus tard et, à contrecœur, l'introduit dans le grand bureau d'angle aux vitraux ouvragés.

– Ma chère Fabienne, que me vaut ? claironne Rumilloz en s'arrachant d'une fesse à son gros fauteuil Chesterfield.

– Nous allons faire un deal, André.

Il retombe assis, menton en avant, demi-sourire

sur la défensive. Elle traverse le vieux tapis monumental pour aller ouvrir une fenêtre, tandis qu'il éteint avec mauvaise grâce son cigare dans le cendrier de cristal posé près de ses mots croisés.

– Je suppose que vous avez fait le compte des voix et actualisé le jeu des alliances, poursuit-elle en revenant s'enfouir dans le fauteuil crapaud destiné à rabaisser les visiteurs. Dans un peu plus de quatre heures, j'ai parfaitement les moyens, grâce à Morgane et ses soutiens, de vous souffler la présidence avec la bénédiction de la mairie.

Évoquant du geste le panache d'une fumée qui se dissipe, il relativise d'une voix onctueuse :

– C'est ce que vous espérez, du moins...

– Non, c'est ce que je vais éviter, si nous passons un accord.

Il observe un instant de silence, le visage impassible, les ongles joints sur son coupe-papier en ivoire.

– Lequel ?

– Nous voterons pour vous, Morgane, moi et nos alliés, en échange d'un petit service.

– Lequel ? répète-t-il avec une modulation taquine.

– Vous reconnaissez Lucien.

L'expression de mansuétude narquoise derrière laquelle s'abrite en permanence son autorité aux abois se fissure, à mesure que le sens de la phrase se précise dans sa tête. Pour garder une contenance, il badine :

– Je le « reconnais »... dans quel domaine de compétence ?

– L'état civil.

Le visage rubicond s'efforce de demeurer serein tandis que les doigts se crispent sur l'ivoire.

– Le soir de l'élection de Miss Savoie, développe-t-elle sur le même ton posé, je pense que votre préservatif a souffert d'un problème d'étanchéité. Jacques n'a jamais eu le moindre soupçon, mais je suis formelle quant au calendrier. J'étais enceinte quand j'ai fait l'amour avec lui.

Là, j'ai beau savoir sur quelles bases elle s'est construite, je suis impressionné par la sincérité avec laquelle elle ment. Dans le cerveau de l'ancien satyre du Comité des fêtes, le ressac des souvenirs d'alcôve est balayé par un flux d'angoisse, qu'il tente de contenir à grand-peine derrière ses remparts d'ironie incrédule :

– Et vous auriez gardé cela pour vous, durant toutes ces années ?

– De la même manière que je me suis abstenue de vous dénoncer pour viol – « droit de cuissage », pardon, comme on disait à l'époque. Qu'aurait valu la parole d'une fille de maraîcher contre celle de l'adjoint aux Festivités ? Une première dauphine qui accuse le président du jury, on y aurait vu la rancœur de ne pas avoir obtenu la couronne. J'ai pris sur moi. Ensuite, je n'ai pas vu l'intérêt de porter atteinte à l'honneur de mon mari ni à l'identité de mon fils.

– Et alors, pourquoi… aujourd'hui ?

Stratégiquement, l'accusé a renoncé à l'arrogance pour adopter le profil bas du confident navré.

– Parce que ça rééquilibre les choses. Jacques avait une enfant hors mariage qu'il vient de reconnaître à titre posthume ; à vous d'en faire autant de votre vivant.

Le président se laisse aller contre son dossier en cuir clouté, avec un regard compréhensif destiné à la raisonner :

– Si tant est que vous disiez vrai…

– Faites le test de paternité.

– … que gagneriez-vous à exhumer un accident du passé, qui causerait de part et d'autre autant de tort que de souffrance ? achève-t-il d'un trait pour ensevelir la suggestion de Fabienne.

– Eh bien, grâce à vous, le cas échéant, Lucien pourra épouser sa sœur.

– Je vous demande pardon ?

– Nous savons vous et moi qu'ils ne sont pas du même sang, et je n'ai pas le droit d'empêcher leur coup de foudre par un secret de famille. Elle est la fille de Jacques, et Lucien est de vous : problème réglé.

Rumilloz soutient son regard, examinant ces nouvelles données et s'efforçant de les accorder à ses objectifs. Dans un léger hoquet de dignité goguenarde censé lui redonner l'avantage, il réplique :

– De là à en faire mon héritier…

– En quoi ça vous gêne ? s'enquiert-elle, suave. Vous êtes sous le régime de la séparation de biens, c'est votre femme qui possède tout, elle a vendu le manoir en viager, donné sa quotité disponible à votre fils Humbert et légué le reste à la SPA, pour être sûre que vos maîtresses n'auront rien.

– Qui vous a raconté ça ? s'étrangle-t-il.

– Nous avons le même coiffeur.

Il se dresse brusquement pour aller fermer la fenêtre.

– Mais vous avez conscience du scandale ?

– Personne n'en saura rien, le rassure-t-elle. Je sais que l'adjoint à l'État civil vous est pieds et poings liés pour une histoire de pots-de-vin, et les enfants ont décidé de s'expatrier. J'ajoute qu'en reconnaissant Lucien, vous prenez une assurance sur l'avenir. Imaginez que votre épouse décède ; vous vous retrouvez à la rue. La start-up de Lucien vaut des millions, et il n'est pas du genre à laisser tomber son vieux père.

Elle se lève, tire sur sa robe.

– Rejoignez-le dans une demi-heure au service de l'État civil, et je vous retrouverai ensuite pour le déjeuner des administrateurs. Bonne fin de matinée.

Elle se dirige vers la porte de sa démarche de podium, aussi élégante qu'en 1986. Il jaillit de son fauteuil pour la rattraper au milieu du tapis.

– Mais enfin, Fabienne… pourquoi vouloir autant précipiter les choses ?

– Parce qu'il vous reste quatre heures pour sauver votre siège.

Il soutient son regard, reboutonne son blazer, esquisse un demi-sourire de compromis. Puis il baisse les yeux sur l'immense tapis indien offert en 1890 à la mairie d'Aix-les-Bains par la reine Victoria, qu'il a discrètement transféré au casino après sa défaite aux municipales. Où le mettrait-il, aujourd'hui, s'il laissait la coalition Lormeau-Dumontcel le chasser de son ultime bureau ? Il sait qu'il a fait le bon choix.

– Et… le petit Lucien ? glisse-t-il avec un soupçon de timidité qui le rend presque touchant. Comment le prend-il ?

– Très bien, si vous respectez le deal. Vous savez, les chiens ne font pas des chats.

Il lui tend une main solennelle d'accord mafieux. Elle lui claque la paume, tourne les talons et le laisse au milieu de ses boiseries cuivrées, partagé entre l'angoisse rétrospective, le soulagement par étapes et une forme de fierté vengeresse qui, face aux humiliations répétées de son épouse, le réconcilie avec lui-même.

Téléphone à l'oreille sous le radiateur à gaz de la terrasse déserte, elle allume une cigarette. Sa première depuis qu'elle m'a enterré. J'y vois un beau présage.

– Bonjour, c'est Fabienne, je suis à la Rotonde du Parc. Tu peux me rejoindre dès que tu as ce message ? J'ai quelque chose d'important à te dire.

Deux Marlboro plus tard, Morgane s'assied en face d'elle, incertaine et polie, un peu sur ses gardes mais ouverte au mea culpa.

– C'était à moi de t'appeler, Fabienne, pardon. J'arrive de l'hôpital : les nouvelles sont plutôt rassurantes...

– Je sais. Pas de problème. Parlons de toi et de Lucien.

Toute hostilité a disparu du regard de ma veuve,

relayée par une impatience pragmatique qui incite à entrer dans le vif. Morgane s'adapte :

– Oui, j'ai senti qu'on t'a choquée, hier…

– Au contraire.

– Pardon ?

– Merci de ne pas m'avoir caché vos sentiments. Le non-dit, tu sais, a fait tellement de ravages dans ma vie…

Morgane s'attendait à tout sauf à ce genre de réflexion, surtout formulée sur un ton presque enjoué.

– Réponds-moi franchement, avec tout ton cœur et ton instinct de femme. S'il n'était pas ton frère, tu serais amoureuse de lui ?

L'interpellée déglutit en avançant le cou, toute gamine.

– Ben oui. Et même.

– Ça tombe très bien. Seulement je vais te demander une discrétion absolue.

Morgane se rejette en arrière sur sa chaise en rotin. C'est à son tour d'être choquée.

– Attends, de quoi on parle ? T'imagines quand même pas qu'on va se faire un plan cul ? Avec les casseroles que je me trimbale, tu crois que je suis branchée inceste ?

– Il n'y a pas d'inceste. Vous n'êtes pas frère et sœur.

Le sang monte d'un coup à la tête de Morgane.

– Arrête, Fabienne, où on va, là ?… Le test de paternité est formel !

– Oui. Tu es bien la fille de Jacques. Pas Lucien.

Et elle lui raconte l'élection de Miss Savoie, le droit de cuissage, l'accident de capote du président, le test de grossesse et sa rencontre inespérée avec moi.

– Quand on veut que son enfant soit d'un autre, crois-moi, il le devient.

Mon héritière reste bouche bée. Un bonheur infini l'envahit, en même temps qu'une consternation totale.

– Et Lucien, il le sait ?

– Je le lui ai appris tout à l'heure, oui.

Elle baisse les yeux sur la gorge trouée qui décore le paquet de cigarettes de Fabienne. Elle en prend une, s'approche de la flamme du briquet tendu.

– Et… comment il a réagi ?

– Il est moyennement enthousiaste côté filiation, mais il fera avec, dès lors que ça vous permet de vous aimer en toute liberté.

– Vraiment ?

J'apprécie l'empathie qui diffère son explosion de joie. Elle insiste :

– Ça ne l'a pas trop cassé ?

– À toi de le réparer.

Morgane renverse sa chaise, elles se lèvent d'un même élan pour s'enlacer avec une violence déchirante.

– Je le crois pas ! C'est trop beau ! Jamais je n'aurais imaginé…

Ma merveilleuse menteuse l'interrompt en la détachant d'elle :

– Maintenant, motus et bouche cousue, OK ? On a le conseil d'administration dans trois heures, il ne faut surtout pas que Rumilloz ait l'impression que notre secret a fuité, promis ?

– Promis ! Qu'est-ce qu'on fait, alors ? On balance ton porc ?

– Non, on le fait réélire.

Elle recule d'un pas.

– Tu me charries, là ?

– Ça fait partie du deal, s'il tient sa promesse. En ce moment, normalement, il doit se trouver à l'État civil avec Lucien pour signer l'acte de reconnaissance.

Morgane retombe sur sa chaise, les jambes sciées.

– Attends… Mais t'es complètement ouf !

– J'anticipe. Si un jour vous décidez de vous marier… Ça évitera le contrôle d'ADN. Maintenant, si tu veux que Lucien le fasse quand même pour être certaine, y aura pas de problème…

Morgane avale un grand bol d'air en s'étirant, le regard pétillant. Ma veuve ne peut s'empêcher de remarquer, avec un sourire intérieur, que la petite a de moins beaux seins qu'elle à son âge. Et les caresses de Naïla les ont réveillés de manière délicieuse. C'est fou comme ça fait rajeunir, le bonheur qu'on offre aux autres. Fabienne conclut en la quittant :

– Laisse-lui un message, qu'il te rejoigne en sortant de l'hôtel de ville. Et tu viens me chercher dans une heure chez *Alexandre d'Aix*, on ira faire un peu de shopping avant le déjeuner.

*

J'ai suivi le texto de Morgane jusqu'à la main de Lucien, qui lui répond par un soleil et trois cœurs rouges, sous le regard bienveillant du président Rumilloz. Au sortir du bureau de l'État civil qu'il a fait privatiser pour l'occasion, le vieux politicien sur le retour ne peut s'empêcher d'éprouver un accès de vanité revancharde en contemplant ce beau garçon sérieux, entrepreneur à succès, si différent de son fils unique jusqu'alors – un hippie agressif dont il n'a plus de nouvelles depuis ses années Katmandou, et qui génétiquement n'a hérité que du côté sectaire et fin de race de sa mère. Voilà que, dans les yeux de Lucien, il retrouve à la fois le souvenir du cul somptueux de Miss Albertville 1986, sa plus belle prise de guerre, et le jeune requin surdoué qu'il fut à la direction commerciale des eaux thermales de son beau-père. Et tout cela en échange d'un retournement d'alliances qui lui permettra de conserver son dernier bastion de pouvoir, grâce à la mansuétude retorse d'une femme qui aurait pu le dénoncer pour abus sexuel. Il se dit que voilà, tout le charme de la vie tient dans ce genre de compensations improbables qui, au crépuscule de l'âge, vous redonnent foi en l'humanité.

– Tu veux prendre un café ? propose-t-il en pliant dans sa poche sa copie d'acte, avec le sourire faussement sémillant de l'octogénaire qui ne sait par quel bout rattraper le temps perdu.

Lucien le dévisage d'un air de détachement courtois, lui tend la main.

– Ça, c'est pour m'avoir reconnu.

Rumilloz lui broie les phalanges, le regard embué, avec la modestie flatteuse de l'élu habitué à gérer les félicitations.

– Ça, c'est pour le droit de cuissage.

Et il tourne les talons aussi sec, laissant le président statufié par la claque retentissante qui embrase sa joue gauche.

Morgane lui a donné rendez-vous à La Rotonde, en face de la mairie ; il en conclut que Fabienne a effectué la mise à jour. Propulsé par l'élan de justice qu'il vient d'assouvir, brûlant du désir fou de fonder un foyer du jour au lendemain, il essaie d'afficher les symptômes de l'état de choc, dans un souci de crédibilité. Ce qui n'enlève rien au trac soudain qui lui noue l'estomac.

Devant un Perrier dont elle remue les glaçons du bout de la paille, sa sœur de synthèse est assise toute seule à l'angle de la terrasse près du grand magnolia – la table ronde où Fabienne prend souvent sa pause déjeuner à la belle saison. Elle le regarde traverser le parc, lui sourit sans se lever. Il s'assied lentement, avec l'air de celui qui vient de consommer une rupture douloureuse afin de pouvoir aller de l'avant.

– Ne me touche pas, le prévient-elle, je suis à deux doigts d'exploser d'amour, et je dois foncer rejoindre ta mère pour qu'elle me prépare au conseil d'administration : il faut que je lui fasse honneur. Non, ne dis rien, mon Lucien ! Je ressens tout ce qui se passe en toi. Pour moi, c'est une nouvelle merveilleuse, tu m'as fait craquer au premier regard, tu l'as bien vu, je me faisais violence... Mais toi... ça doit être terrible, par rapport à Jacques. Il t'a tout donné, tu t'es tellement construit en fonction de son image...

– Et alors ? répond-il avec une sérénité désarmante. Je ne l'ai pas perdu : je t'ai fait la passe.

Cette pure vérité vibrant sous la boutade achève de me réconcilier avec la paternité. J'en ai mis du temps à comprendre que, pour pouvoir vraiment évoluer dans l'au-delà en explorant d'autres cieux, il faut en avoir fini avec ses remords terrestres.

– Comment va Toshi II ? s'enquiert Morgane pour détourner ses pensées du corps de son ex-demi-frère.

– Il n'arrête pas de grandir... Tu veux que je te le rende ?

– Non, il est à toi.

– Je t'en fais une copie ?

– De toute façon, oui, par sécurité, mais… Je ne pourrai pas l'installer chez moi : Alphonse a désinfecté le parquet avec un antibactérien mortel. Et si on élevait nos Toshi dans ton grenier ?

La perspective m'aurait bien plu, mais Lucien a d'autres projets pour eux. Ils restent enlacés sous le magnolia en échangeant des avenirs possibles, jusqu'au moment où Morgane s'arrache à ses baisers pour aller chercher Fabienne chez le coiffeur.

Il la regarde s'éloigner, léger comme l'air. Puis il glisse la main dans sa poche, referme les doigts sur l'acte d'état civil qui fait mentir nos gènes et, les yeux au ciel, me demande pardon entre les branches.

*

Tous les administrateurs du casino Grand Cercle sont réunis dans la salle à manger privée sous verrière lorsque le président fait son entrée rituelle, effectuant son tour de table avec une affabilité annonciatrice de consensus. Les marques de gifle estompées, ses bajoues sont à nouveau de couleur égale et son mental recalé dans les priorités de l'objectif à atteindre – cet appétit sans fin du pouvoir qui permet d'avaler les pires couleuvres en amuse-bouches. Il s'arrête longuement devant Morgane, saluant sa cooptation au rang d'administratrice par une envolée lyrique à la mémoire de sa mère et de sa grand-mère.

– Qui est toujours vivante, merci, répond-elle d'un ton courtois, sanglée dans un tailleur-pantalon qu'elle vient de choisir avec Fabienne chez Agnès b.

– Et je m'en félicite, se rétablit élégamment l'heureux papa de mon fils.

Après un déjeuner lourdingue arrosé de trois vins différents visant à assouplir les délibérations, le conseil vote comme prévu l'approbation des comptes et la reconduction de son président. Dans la foulée, la résolution proposée en vain par Fabienne depuis trois ans – ce « Mardi mauve » consistant à verser une fois par semaine la recette des Jeux à une organisation de lutte contre les violences faites aux femmes – passe à l'unanimité, la présence de Morgane interdisant aux plus farouches adversaires de ce « militantisme outrancier », comme ils disaient, d'émettre la moindre réserve.

Le soir, au château d'Ombremont, le quatre étoiles dominant le lac où nous avions célébré notre mariage, Fabienne fête à ma santé, entre Lucien et Morgane, la levée du secret de famille qui les autorise à s'aimer.

Je sens que l'heure est venue de me détacher d'eux, maintenant que s'achève mon rôle de trait d'union. Mais, au moment où ma conscience captive va s'éteindre comme une mèche à la fin de sa bougie, j'entrevois soudain que ce retour sur les lieux de mon passé ne relevait pas seulement du devoir de mémoire, mais du droit de suite. Et qu'il s'agissait peut-être moins de renouer avec une identité révolue que d'effectuer un repérage…

Où finit une vie, où recommence-t-elle ?

Après un séjour hors du temps pour élaborer les grandes lignes de mon prochain destin, j'ai pu me reconnecter de loin en loin au calendrier terrestre. À présent, mon port d'attache se situe dans une campagne anglaise, où Lucien et Morgane vivent leur passion en toute liberté. Il enseigne le hacking à l'université d'Oxford Brookes dont il était sorti major, elle travaille dans un laboratoire où elle réinforme les cellules cancéreuses grâce à ses découvertes sur les mutations génétiques du blob. Elle entame son cinquième mois de grossesse.

La conception a eu lieu un après-midi de neige, avant qu'ils s'expatrient, dans le petit refuge de Larcoutier sur les pistes de fond du mont Revard – là où Marie-Pa avait situé notre nuit d'amour fictive en 1996. C'était comme si, une génération plus tard, son mensonge était devenu prémonitoire.

Je serai une fille, cette fois. À mesure que le fœtus se développe, j'y passe de plus en plus de temps. Au travers du cordon ombilical, je perçois l'amour, les nausées, les joies, les inquiétudes de Morgane. Et les attentions passionnées de Lucien autour de son ventre me laissent entendre qu'il sera un père bien plus épanoui que je ne le fus.

De semaine en semaine, je me partage entre l'immersion somnolente dans cette bulle en devenir et la mobilité accrue de mon esprit, qui continue d'explorer le brouillon de ce nouveau parcours. Bientôt, quand le petit corps aura paramétré l'ensemble de ses organes, les excursions ne seront plus possibles ; je resterai en détention ferme jusqu'à ma naissance. C'est ce que m'a expliqué la vieille âme qui me conseille dans l'élaboration de ce plan de vie : Thérèse Toussaint. Mon ancienne cliente obsédée par les tondeuses et les processus de réincarnation compte bien, cette fois, ne pas rater ma remise en route. Validant ou non ses suggestions et ses critiques, je me dépêche de corriger ce qui peut l'être encore, de regrouper certaines épreuves, de rectifier telle ou telle partie du scénario initial et d'enrichir le casting.

Alphonse sera là pour guider mes premiers pas. En attendant, il continue de pousser chaque matin son caddie dans les rues d'Aix-les-Bains. Le contenu a changé : Lamartine est remplacé par des poètes arabes destinés à réconcilier avec l'humanité les « radicaux libres », comme les appelle Naïla – ces jeunes fichés S qui se sont fait enfumer par idéal religieux, haine raciale ou jeu vidéo et qui, tels des conducteurs privés de permis, ont l'air de suivre un stage de récupération de points. L'atelier d'Alphonse, par rapport à ceux qu'animent des sociologues ou des psys, est celui où les gamins dorment le moins, aussi intéressés par sa culture musulmane toute fraîche que par les anecdotes pédagogiques dont il émaille ses lectures de poèmes, leur racontant dans le détail comment lui-même trucidait l'ennemi quand c'était la guerre sur Aix, afin de bien faire comprendre que la poésie n'est pas réservée aux mollassons. Lorsque le Centre de déradicalisation fermera ses portes à cause d'économies budgétaires, notre éternel nounou se rendra en Angleterre pour mon baptême et il y restera jusqu'à sa crise cardiaque, à cent ans et des poussières, biberon en main.

Fabienne, elle, vit désormais avec Naïla. Ses trois gamins, qui ont récupéré l'étage de Lucien, transformeront à leur majorité la quincaillerie en restaurant vegan – ultime revanche posthume pour Jeanne-Marie Dumontcel, après six ans de coma financés par celle qui avait détruit sa pâtisserie.

Quant à Guillaume, son éditrice ayant renoncé à publier *Dans la tête d'un monstre* suite à la défection du pédophile, suicidé par ses codétenus avant le procès, il se consolera en renouant avec le personnage de Jacques Lormeau. Il obtiendra le prix Interallié pour *Une âme légère*, épousera l'héritière d'un groupe multimédia, deviendra le benjamin de l'Académie française et finira en prison pour atteinte à l'autorité de l'État. Son seul regret : avoir accepté, pour faire plaisir à Lucien, d'être le parrain d'une agitatrice comme moi, qui l'aura entraîné malgré lui dans ses combats sans trêve pour renverser les dictatures sanitaires mises en place à la faveur des pandémies.

Mais, déjà, ma vision du futur s'efface et ma conscience se désagrège, afin de revenir au monde sans idées préconçues. Toute la famille se réjouit de ma naissance imminente – sauf moi. Vu les enjeux démesurés, les sacrifices et les trahisons qui m'attendent, j'éprouve, dans un dernier sursaut de lucidité, la nostalgie de ne pas avoir suffisamment profité de ma mort.

DU MÊME AUTEUR

Romans

LES SECONDS DÉPARTS :

VINGT ANS ET DES POUSSIÈRES, 1982, prix Del Duca, Le Seuil et Points-Roman

LES VACANCES DU FANTÔME, 1986, prix Gutenberg du Livre 1987, Le Seuil et Points-Roman

L'ORANGE AMÈRE, 1988, Le Seuil et Points-Roman

UN ALLER SIMPLE, 1994, prix Goncourt, Albin Michel et Le Livre de Poche

HORS DE MOI, 2003, Albin Michel et Le Livre de Poche (adapté au cinéma sous le titre *Sans identité*)

L'ÉVANGILE DE JIMMY, 2004, Albin Michel et Le Livre de Poche

LES TÉMOINS DE LA MARIÉE, 2010, Albin Michel et Le Livre de Poche

DOUBLE IDENTITÉ, 2012, Albin Michel et Le Livre de Poche

LA FEMME DE NOS VIES, 2013, prix des Romancières, prix Messardière du Roman de l'été, prix Océanes, Albin Michel et Le Livre de Poche

JULES, 2015, Albin Michel et Le Livre de Poche

LE RETOUR DE JULES, 2017, Albin Michel et Le Livre de Poche

LA PERSONNE DE CONFIANCE, 2019, Albin Michel et Le Livre de Poche

UNE VRAIE MÈRE… OU PRESQUE, 2022, Albin Michel

LA RAISON D'AMOUR :

POISSON D'AMOUR, 1984, prix Roger-Nimier, Le Seuil et Points-Roman

UN OBJET EN SOUFFRANCE, 1991, Albin Michel et Le Livre de Poche

CHEYENNE, 1993, Albin Michel et Le Livre de Poche

CORPS ÉTRANGER, 1998, Albin Michel et Le Livre de Poche

LA DEMI-PENSIONNAIRE, 1999, prix Version Femina, Albin Michel et Le Livre de Poche

L'ÉDUCATION D'UNE FÉE, 2000, Albin Michel et Le Livre de Poche

RENCONTRE SOUS X, 2002, Albin Michel et Le Livre de Poche

LE PÈRE ADOPTÉ, 2007, prix Marcel-Pagnol, prix Nice-Baie des Anges, Albin Michel et Le Livre de Poche

LE PRINCIPE DE PAULINE, 2014, Albin Michel et Le Livre de Poche

ON DIRAIT NOUS, 2016, Albin Michel et Le Livre de Poche

L'INCONNUE DU 17 MARS, 2020, Albin Michel

LES REGARDS INVISIBLES :

LA VIE INTERDITE, 1997, Grand Prix des lecteurs du Livre de Poche, Albin Michel et Le Livre de Poche

L'APPARITION, 2001, prix Science-Frontières de la vulgarisation scientifique, Albin Michel et Le Livre de Poche

ATTIRANCES, 2005, Albin Michel et Le Livre de Poche

LA NUIT DERNIÈRE AU XVe SIÈCLE, 2008, Albin Michel et Le Livre de Poche

LA MAISON DES LUMIÈRES, 2009, Albin Michel et Le Livre de Poche

LE JOURNAL INTIME D'UN ARBRE, 2011, prix Littérature et Nature, Michel Lafon et Le Livre de Poche

J'AI PERDU ALBERT, 2018, Albin Michel et Le Livre de Poche

LE POUVOIR DES ANIMAUX, 2021, Albin Michel

THOMAS DRIMM :

LA FIN DU MONDE TOMBE UN JEUDI, t. 1, 2009, Albin Michel et Le Livre de Poche

LA GUERRE DES ARBRES COMMENCE LE 13, t. 2, 2010, Albin Michel et Le Livre de Poche

LE TEMPS S'ARRÊTE À MIDI CINQ, t. 3, *in* THOMAS DRIMM, L'INTÉGRALE, 2016, Le Livre de Poche

Album jeunesse

ET SI TU ÉTAIS UNE ABEILLE ?, 2018, Michel Lafon

Récit

MADAME ET SES FLICS, 1985, Albin Michel (en collaboration avec Richard Caron)

Essais

CLONER LE CHRIST ?, 2005, Albin Michel et Le Livre de Poche

DICTIONNAIRE DE L'IMPOSSIBLE, 2013, Plon et J'ai Lu

LE NOUVEAU DICTIONNAIRE DE L'IMPOSSIBLE, 2015, Plon et J'ai Lu

AU-DELÀ DE L'IMPOSSIBLE, 2016, Plon et J'ai Lu

LES ÉMOTIONS CACHÉES DES PLANTES, 2018, Plon et J'ai Lu

LA BIENVEILLANCE EST UNE ARME ABSOLUE, 2019, Éditions de l'Observatoire et J'ai Lu

Beaux-livres

L'ENFANT QUI VENAIT D'UN LIVRE, 2011, Tableaux de Soÿ, dessins de Patrice Serres, Prisma

J. M. WESTON, 2011, illustrations de Julien Roux, Le Cherche-Midi

LES ABEILLES ET LA VIE, 2013, prix Véolia du Livre Environnement 2014, photos de Jean-Claude Teyssier, Michel Lafon

Théâtre

L'ASTRONOME, 1983, prix du Théâtre de l'Académie française, Actes Sud-Papiers

LE NÈGRE, 1986, Actes Sud-Papiers

NOCES DE SABLE, 1995, Albin Michel

LE PASSE-MURAILLE, 1996, comédie musicale (d'après la nouvelle de Marcel Aymé, musique de Michel Legrand), Molière 1997 du meilleur spectacle musical, à paraître aux éditions Albin Michel

LE RATTACHEMENT, 2010, Albin Michel

RAPPORT INTIME, 2013, Albin Michel

site de l'auteur : www.didiervancauwelaert.fr

Retrouvez toute l'actualité des éditions Albin Michel
sur notre site albin-michel.fr
et suivez-nous sur les réseaux sociaux !
Instagram : editionsalbinmichel
Facebook : Éditions Albin Michel
Twitter : AlbinMichel

Composition : IGS-CP
Impression : CPI Bussière en février 2023
Éditions Albin Michel
22, rue Huyghens, 75014 Paris
www.albin-michel.fr
ISBN broché : 978-2-226-45346-4
ISBN luxe : 978-2-226-18534-1
*N° d'édition : 24120/01 – N° d'impression :*2069635
Dépôt légal : mars 2023
Imprimé en France